CB082441

Gabinete de Curiosidades

LUÍS FILIPE SARMENTO

Gabinete de Curiosidades

LANDMARK

SÃO PAULO, SP, BRASIL 2017

*A
Tatiana Marisco*

*Em memória de Carlos Pinto Coelho e
de tudo o que nos Aconteceu.*

Generalidades

1

Vá de retro, disse quando olhou para a fotografia da bisavó
enquanto passava pela amargura de uma cerveja sem álcool:
há dias de sorte nas mãos diabólicas do poeta fingido
quando procura entre os rios um peixe-aranha
com prata nos olhos. Diz-me que o teu amor
é uma fábrica de morangos e uma receita espiritual
quando, à mesa da morte, agónica sorri a confraria
dos iluminados das letras sem destino como este mar
de lençóis. É tão fácil escrever quando o olhar perturbado
pela velhice caduca o gesto na tecla infestada de formigas de asa.
Não me digas que te falta o ar. Não saberás o que dizer
quando este poema te cair numa francesinha
de salsichas nacionais. Saberás saboreá-lo com pimenta,
muita pimenta, para que acordes com o reto inflamado
de genialidades. Vês, é tão fácil. Ir à bomba
em nome dos teus deuses e, sei lá, aprenderes
a olhar para uma vagina aristocrata com a língua de fora.
Ah, isso é poesia!!! E farás um pacto com o diabo
para que te esconda os anos no ânus protegido
por fraldas da farmácia criativa. E não te esqueças dos bombons,
talvez te apareça uma febra metafísica encaixilhada
em duas próteses mamárias. Vês, é tão fácil fazer novelos
de várias cores sem que com isso saibas tricotar
um agasalho de Verão! Como diria o outro:
no lugar do costume é um descanso!!!

2

És uma fonte de inspiração como rodilhas de cozinha
para um fotógrafo gasto pela película velha de uma azinheira
em combustão. Ah! se eu sei como buscas crédito
entre os fantoches de um palco carcomido e pouco iluminado
como mandam os bons costumes de uma decadência encenada.
Escreveres, lá isso escreves, como quem limpa o cu,
como se fosse uma ardósia de maus costumes (e tu achas isso
adorável!) e esperas que te aplaudam ao som de brindes
dos novos gins num strip-tease que a idade, as mamas
de plástico e os cabelos engraxados não perdoam. Ai, prosador
de piscinas vazias pelos calotes, tu sabes que um verso
é tão doloroso como a falta de hábito de ter tesão. Lamento por ti!
Mas isto de andar pelo mundo quando o mundo já passou
por ti sem que te desses conta não é fácil. É bom ver-te
ao longe nas festas das abóboras endinheiradas
a falares de penicos
como quem enche a boca de genialidades literárias
ou frequentares os salões dos prémios na esperança que te toque
um ramalhete de clitóris rapados e surja na ponta
dos teus dedos repletos de artroses o texto sublime
para a antologia das alfaces voadoras e brasonadas
que tantas noites de insónia te provocaram nessa dolorosa
cama de pregos. O teu charme irresistível
de principezinho na reforma perde-se no teu sexo em vírgula
murcha com o valor da pausa que já não controlas.
Escreveres assim já não é tão natural como a tua sede.

3

Eu sei que o orifício da estação terminal do teu aparelho digestivo
foi benzido pelas águas de calvários em cataratas sofridas
e repelentes. Escreves com muita dor, fica bem na fotografia
que te autentifica como autor da lava fedorenta que por ali expeles.
A modernidade que te escapou na juventude encontra-te, agora,
extravagante, excêntrico e estroina nessa verborreia anal
embandeirada por olés de sofisticados funcionários do regime
que, asmáticos, ficam sem respiração por tão inesperada
criatividade. E aplaudem-te as metáforas como se fossem
Tágides do teu esgoto privado. O que admiro em ti, rascunho
chumbado de hipótese de poeta, é a facilidade com que fazes
sanduíches botânicas enquanto navegas no rio excrementoso
do qual és manancial possante e infindável. A tua elegância
condiz com a Europa que efabulas e que te enche os bolsos
do casaco «negligé». Falhaste a oportunidade da escrita
nas velhas «azert» e, agora, queres ser mandarim
da quarta revolução industrial, hiperligado aos ecrãs
que devoras em digestões rápidas que produzem as diarreias
automáticas que, sem sentido, poluem catálogos e livrarias.
És um génio do vazio abissal e em boa companhia
fodenga e fandanga que da miserável União
dos cachorros quentes vai triturando os artistas que te renegam
para que alimentem os camaleões farsantes
de uma democracia em carne viva.

4

Louvas, louvas como quem lambe um pedido de atenção
para esse território provinciano que habitas. As palavras
correm-te mal! Sempre te correram mal. Nem os filósofos
que convocas poderão alimentar o talento que não tens.
Nem talento nem átomos, nem fogueira nem partículas.
Nada. Nem metáfora do horrendo. Nem punhal. Nem tomates.
Fia-te na espera e por muito que corras não tens engenho
de atleta nem pegada de poeta nem porte.
Tens a sorte de ser corrupto e corrompido com a graça
dos que falam estrangeiro e te pagam traições.
Por muito que tentes os versos, eles não passam de bufas;
por muito que tentes ser homem, não passas de bufo.
Essa é a tua fragorosa realidade. Antes um penico
com a senhora deles de Fátima. Rezas? Oras
dissemelhanças de poemas como um vólvulo… e três linhas
depois morres cansado de tão grandioso esforço.
Não deixas de ser uma curiosidade de feira, uma raridade
por total inexistência artística. Cagas sentenças e mal
porque nem intérprete sabes ser. Louvas muito
com a esperança que te louvem com o dinheiro sujo
que extorquem às gentes do teu bairro. Magnata
polifónico do disparate, careta cacofónica, distúrbio mental,
não-poeta e susto que do real faz terror, metódico do horror,
malabarista infeliz, carapaça calva blindada à luz.
Voz do regime. Trapaça literária e lixo verbal,
hipertenso, morto e carnaval. Chilrada e nada.

5

Nem chá nem meia-noite, apressou-se a pensar, coisa rara,
quando se distraía em frente ao espelho
compondo figura de maldito
para ser idolatrado por loiras «tinturificadas» por ácidos baratos;
nem tília, a madrugada impõe outras infusões
para que se supere ao aplauso pela sua fabulosa dicção
de autocarro. Ronca fumos e grunhidos em rima, dilata-se
pedante à luz pardacenta de um bar-hospício
que conquistou infelizmente espaço de cegos e putas,
tangos e vozes modernistas. Lisboa é rosa como as revistas
alcatroadas de indigentes versejadores endinheirados
à custa de lagostas aloiradas que pagam facturas, viagens
e muitas orações à ficção tentada dois mil anos atrás.
Comunidade de poetastros em modo pederasta,
assim se faz a história da moda hedionda, no tablado
encerado onde exibem uma cagarina travestida em idioma
indecifrável a que dão ofensivamente o nome de «poesia».
Purpurina rasca em montra de atenção «jornalística»,
o palrante abstracto invoca sabe-se lá que alma perdida
e trajando voz de espírita defeca previsões celestiais
enquanto o transe coletivo se manifesta num circo de ais,
tombando ao gesto do farsante no chão abeatado
lá para as bandas do cais.
Havia muita gente de Cascais! E fantasmas
convocados da quinta da Ribafria
e ainda a fantástica, a exuberante e perfumada cona da tia!

6

Vamos ao luxo, que hoje é dia de contrafação de carteiras
e implantes, a corrida está no papo do anjinho que desliza
no disparate da calda «tutti frutti» com crédito de fome a haver!
Já não há sangue nos santos para tantos milagres vampirescos:
vamos, é dia de festa nos armazéns da miséria retro,
as decorações feéricas estalam nas mãos dos pobres em saldo,
no trapézio do novo-riquismo há trufas de capital hediondo
nas acções dos novos assaltantes aos museus da humanidade
em ferida aberta. Os bancos da vilanagem
anunciam imagens fartas,
os títulos dos jornais vendidos especulam falências
para que a extorsão, o engano encomendado
às agências das ratas
especule com a morte a curto prazo dos inocentes que votam
na falácia alegre dos protagonistas do antigo regime.
Deixem os países perder a sua identidade,
pouco importa a história, os valores da língua,
a dignidade de todas as peles; entranhem-se
de ilusões a prestações, pintem o cabelo de loiro,
despigmentem-se até à lividez porque temos
máquinas de coloração bronzeada,
reinventem o «glamour» no charco de lama à porta da casa
extorquida, não há nada como o charme de um sem-abrigo
para colocar o país no pelotão da frente de um continente sem rumo
traçado pela imbecilidade dos que traíram as origens

da sua geografia sentimental. Vamos ao luxo, que hoje o dia
é consagrado ao pechisbeque das ideias, ao poço sem fundo
das ofertas da ignorância em papel sujo, à edição que paga
Ferraris à custa dos paraísos fiscais. Vamos ao luxo dos ecrãs
que exibem os iates que escondem os que afogaram as vítimas
da sua neo-riqueza bastarda e infame. Vamos ao luxo da despesa:
a democracia está em saldo na montra assassina da opulência!

7

Desta cidade-metáfora de acéfalos com irracionais sorrisos
de dentes branqueados à custa da fome dos desdentados
apenas restam destroços de saudade como património imaterial
da desumanidade. Museu de incongruências civilizacionais,
identificação multinacional da pilhagem, gabinete de sucedâneos
parciais da putrefação do híper-homem, a felicidade arquiva-se
na pasta das curiosidades do globo como se fosse memória
de erros. Vampiros e reptilianos não passam de translações
dos avisos de emergência que denunciam a invasão
dos manipuladores de fantoches travestidos com gravatas de sucesso
em qualquer ministério de destruição massiva. Sob o obscuro
título de Orçamento, revela-se a estratégia de abate coletivo
de todos os que representam o perigo do exercício de pensar.
As montras da propaganda exibem folhas de desperdício
para que o consumo seja o lixo pútrido deixado ao acaso
sob as mesas do banquete do cabaret burlesco Catástrofe
iluminado a néon e presidido pelos subprodutos maoistas
no glorioso ano do macaco de fogo que incendiará
as favelas-dormitórios da turba anestesiada pelos gases
opiáceos de um sonho perdido entre os destroços
à beira-mar de uma região capturada por alienígenas
que ostentam bandeiras de lata na lapela como símbolo
universal da selvajaria. Talvez a concentração da miséria
como vazio pleno dê origem a um novo Big Bang da liberdade
e à expansão do pensamento crítico em nome da sobrevivência
da dignidade humana. Às armas da Voz! Às armas! Vozes!

8

Cadeias de documentos na gaveta do «génio» a soldo da propaganda
denunciam a estrutura da máquina trituradora de homens,
a intoxicação a cargo do canalha que distribui prémios como incentivo
à traição dos medíocres de serviço. A fraude encontra-se disseminada
nos arquivos modernos das nuvens, o registo esquizofrénico
da burla, a literatura que serviu e se serviu do mosto venenoso
para que os poetas fora do regime não tivessem o seu espaço
na navegação das ideias, na exposição estética do seu objeto,
no circuito dos fenómenos criativos. Eis a explicação dos cianetos
nas bulas contra os exilados: «denunciem-se hoje como delirantes
as obras a que os anos vindouros jamais terão acesso, impeçam-lhes
os circuitos da divulgação, das montras, para que não existam
na memória dos seus descendentes; imperativo territorial
contra a dissidência desta sociedade asséptica, a crítica radical
deverá ser combatida com o silêncio dos seus títulos, os escaparates
deverão ser ocupados pelas vozes do regime, pelos que defendem
a sua riqueza com ficções paliativas, histórias inócuas
que infantilizem os leitores e lhes retire a aptidão de pensar;
transfigurem autómatas da desinformação televisiva
em megafones ideológicos e os seus "livros" em "best-sellers",
que apenas compitam entre si os nossos protagonistas,
os que amplifiquem as nossas ideias e serão premiados
com os troféus que os glorifiquem no nosso firmamento político».
Contra estas mecânicas suplementares do desejo,
os artistas fora do espaço regimental e bélico produzem territórios
de diferença e criam arquivos de diversidade,

para que o real não seja o palco da xenofobia cultural
que o travestido neofascismo quer impor à história
como inevitabilidade da preservação esquizofrénica do poder corrupto.

9

O delírio dos caracteres, mal formados à nascença
nas impúdicas manjedouras do regime usurpado
à vontade do povo,
manifestam sistematicamente os automatismos das vinganças
nos ecrãs infectados pela injúria, infestados por bactérias
cancerígenas que conduzem à morte precoce
a ciência da verdade, o pensamento que questiona os cânones
e os dogmas contra a inteligência, a arte
que não respeitam e odeiam.
Há duas planícies de ecos que se confrontam:
as vozes do passado
que querem esmagar o presente e as vozes do presente
que querem garantir o futuro contra a promoção da ignorância.
Se não houvesse explosões da turba nas páginas do acidente
Histórico, a humanidade não teria saído das grutas;
foram as dissociações do gosto
que abanaram os métodos claustrofóbicos
contra as perturbações provocadas por défices de humanidade.
Os delírios das vozes metálicas na especulação do ouro falso
estão a levar o Ocidente aos pântanos do pechisbeque,
à relação adulterada com a cósmica realidade onde residimos
para que o fim macabro da maioria seja o luxo pornográfico
da minoria cujos apelidos se eternizam na história do desfalque.
Esta é a expressão delirante dos manipuladores
de produção cuja estética obscura habita no pesadelo nazi.

Aos mutantes da esquizofrenia opõe-se o espírito do poema,
as vozes das cores de uma nova arquitetura de saberes,
o teatro das constelações artísticas, o concerto universal
como linguagem na derrocada dos imperialismos homicidas
e o verbo contra os mitos da tragédia inevitável.
A revolução dos desejos combate com o seu bailado
a punição teocrática dos impotentes.

10

Não deixarei humilhar, nem em nota de rodapé,
o que à noite se elabora como texto que amanhece
nas páginas do mundo impossível.
«Vem vender publicidade, amigo, há muita literatura
na propaganda»
e nas retretes do Cais de Sodré também.
São máquinas ludopatas no jogo das misérias,
filisteus no recreio do disfarce alusivo à pedincha,
à rasteira, à destruição.
Para um conceito da inexistência de amigos,
colapsos como se a memória fosse mimese do esquecimento,
do abandono, do desprezo.
Curiosas as cumplicidades dos opostos à hora dos banquetes,
facas nos bolsos e garfos nas mãos com sorrisos de colheres:
trangalhadanças à mesa da alarvidade
criticam nas montras iluminadas de produtos falsos
e esperam o contrato que os coloque nesse escaparate;
tudo em segredo, a alma do negócio
perverso exige a face maquilhada
no palco da dissidência, absorvida no espetáculo corrompido
pela vaidade carnavalesca.
Ser um deles é garantir a capa berrante
nos cabazes dos hipermercados, a filosofia do duche
nos balneários dos clubes literários:
são tão chiques, tão modernos, tão criativos

e gritam com sotaque de esquerda, encomenda e missão
do status quo para que o silêncio dos companheiros ingénuos
seja levado às catacumbas infectas da morte a prazo.
Mundialização das máquinas chocantes
do pensamento crocante com caviar e limão.
A mãe muito loira, o filho muito índio, a irmã muita luz, o negócio
divino da fraude, a plenitude dos *offshores* do avô rock'n roll
e com Dalai Lama tatuado no sovaco desodorizificado
à moda parisiense que é sempre de bom gosto, nem que seja
para festejar o Maio de 68 à mesa dos bidés
com menus elaborados ao microscópio: tão elegante,
tão social, tão Che Guevara… tão papalvos,
ó turba olímpica da burla!
«Yes we can», claro que podem mandar perfumar as ruas da morte
enquanto assistem à estreia do novo musical da Broadway:
o coro espetacular abafará na consciência
o rebentamento das bombas sem artifício enquanto implode
o edifício humano e no seu terreno a garra escultórica
do mercado engravatado ergue-se como monumento
ao rico crápula desconhecido.

11

Desejam-se fantasmas, lúdicas matérias, esplanadas híbridas,
sangrias de Verão, cervejas e picles; reduz-se o real
às praias das Caraíbas plasmadas em álbuns abertos em ecrãs;
vota-se no sonho de um desejo, acorda-se na falsidade
real do objeto miserável de uma cama gelada sem manhãs possíveis.
Estruturas teatrais, sistemas de representações cáusticas,
lixívia das aparências na «grand final» do esgoto. E vota-se
o que se nega num exercício para além do desejo, quase religioso,
em busca de metáforas que burlem o continente
dos dias sem destino, sem busca, sem esqueleto, como um pesadelo
de figurações de um desejo que projeta fumo, cela psicotrópica,
variações de «quase», sublimações e perdas.
O engano como felicidade, a felicidade do engano, o paradoxo
da posse, a ressaca que estilhaça, a lente que desfoca,
a cegueira do desejo maquinal da promessa inconsequente.
E as Rodas da Fortuna não passam de ilustrações renascentistas
em cartas que aspiram futuros na residência
de passados destrutivos com janela aberta para a praça
das repetições condenadas à ilusão dos desejos.
Itinerário em mundos paralelos, na comicidade
de um outro cosmos,
em busca de ruído e festa, de sexo e carnaval,
quando o olhar em volta pressente o silêncio
de uma alegria inexistente.
Há um desejo que falta: a consciência de si

nesta plataforma de ambiguidades
para que o equívoco não seja fonte
de uma falta eterna que o coma reproduz
neste gabinete de curiosidades abjetas.

12

O que é a condição de existência?, pensa, refractário,
deslocado dos pontos cardeais do consumo esclavagista.
A moda purista proclama o despojo de marca
mas não só se necessita do pouco que resta
como também de tudo o que foi retirado da mesa do sobrevivente.
Luta contra a história dos impérios do desgaste humano
na conquista de mundos desconhecidos de si: criar realidades
na infinitude que o real oferece.
A ignorância produz tempestades de desejos supérfluos
inscritos em leis-gadgets, sistemas sociais de réplicas,
o puro erotismo do jogo de contactos colide
com a pornografia da guerra dos sentidos
como exibição do acesso recente ao excesso do dinheiro
e ao poder obsceno que reproduz a ignorância;
luta pela escravatura social como se fosse a semelhança
do paraíso expulso do reino inexistente dos inúmeros deuses
que a falácia humana produziu como medo
e incompreensão do espaço universal que produz realidades
paralelas, do trovão visível à cornucópia de enganos coloridos.
Há produção de fenómenos que leva da curiosidade ao desejo
do desejo à necessidade vital, da inexistência à falta,
do vício à loucura de perda do que será sempre dispensável.
Às mãos dos predadores trituram-se os direitos
para que se deseje a impossível ilusão de montra,
o acesso ao luxo que o produtor nunca consentirá à multidão

psicopata que se projeta numa alucinação coletiva
na propaganda das revistas e dos folhetos de viagens.
É a apoteose da exibição como máquina trituradora
da ingenuidade daqueles que pensam que uma fotografia
é o retrato de um sonho que apenas existe
na máquina que produz ficções cujo odor ácido
provoca um caleidoscópio de alucinações que afasta o ingénuo
da sua batalha contra o esmagamento de si.

13

Vultos em vitrinas, montras de aberrações, escaparate da usura,
catálogo fantasmagórico deste período histórico abjeto: guerra
mercantil contra a existência legítima de quem produz sonhos.
Este gabinete, se fosse um museu de excentricidades macabras
estaríamos no futuro, mas apenas expõe o presente como
uma fábrica de avarias projetadas de objetos obstinadamente
danificados e falsificados nos ecrãs do fenómeno das adulterações.
A adulteração do fenómeno cria monstros que me consomem,
que me respiram, que me desterritorializam nos exílios
de concentração. Só o curto-circuito poderá ser consciência
de massas, da interrupção definitiva da ininterrupta gravidez
do mal para que se aborte o aborto à saída da cloaca
que vive como descendência do projeto
secreto do perigo europeu.
E tu, quem és?
Faminto dos ícones do novo-riquismo sem fronteiras,
para onde corres se nos braços dos teus donos só encontrarás
o estrangeiro?! Quando passares a desperdício serás escorraçado,
triturado e vendido como lixo nos mercados agiotas que serviste
para que os usurários, perante os quais te curvaste
como um cão vadio, te enviem para outro território onde estranhos
te matarão como um estranho sem nome nem país.
E serás um cadáver engravatado! Que excitação! Que chique!
Que luxo ser esquecido na vala comum das bandeirinhas de lata.
Porque és lata contra a luta.

14

Neste gabinete de curiosidades há uma peça vulgar
de enorme interesse para o manipulador da verdade:
medo! O medo que expulsa o ser do lugar de si,
o que o leva para o território desconhecido que o agride,
o medo da distância, a proximidade da morte.
Contrabando de raízes, das terras para as areias,
onde se perde a bússola humana e se descobre
a vacuidade do que se foi. Esplendor do medo
de um ser retificado para que seja máquina de produção;
o medo como gerador de luxo. O terror de não se saber
o itinerário do amor, a perdição nos lamaçais sem reflexo,
o falso espelho de si em cada território acidental,
sem idioma, sem gesto, sem expressão, sem referência.
O medo de ser infantilizado por esclavagistas,
o medo de perder o sentido do nascimento,
o medo de ser desconhecido na ausência da mãe,
o medo de ser ostracizado porque nada lhe pertence,
nem o sangue, nem o ar, nem o pão, nem a memória.
O medo de ser número na violenta e obscura burocracia
que o explora até à exaustão da herança histórica;
o medo de um território policial que o descodifique
em cada esquina, em cada timidez desenhada num sorriso
de desejo; o medo de viver sem o espaço fraternal do abraço,
do nome reconhecível do amigo; o medo de ser
vilipendiado porque existe na paisagem do outro.

O medo como território dos vencidos, o medo de uma longa
vida em cativeiro; o medo de ver morrer ao longe
o país do seu nome, a residência do seu afeto, a casa
da sua história. O estranho medo do estrangeiro sem face,
o medo que o impossibilita de renascer noutros horizontes,
noutras línguas, o medo à condenação eterna
ao nomadismo de si; o medo de ser objeto da virulência
experimental alheia; o medo de não ter medo por desistência
de si em nome da exibição catastrófica da exuberância,
da riqueza extorquida ao sonho de ser país.
O medo incendiado pelo incêndio das bibliotecas; o medo
de ser quase nada porque lhe destruíram quase tudo.
O medo, neste gabinete de curiosidades, está guardado
para estudo como epígono industrial da Inquisição
especulativa do mercado agiota dos invasores.
Na vitrina seguinte, no tempo e no espaço, para além do medo,
o objeto intemporal da revolta, o som gravado do grito,
o eco dos povos, o regresso ao Sol, aos peixes, à praia
como prova existencial do seu país;
como testemunho vital ao direito e à urgência de não ter medo.

15

Insisto que é fácil falar de cabides dos rios às portas das cidades
como se o poema fosse essa abstração de imagens caóticas;
ou de canecões de litro mijados à porta pós-modernista
como quem chega atrasado à «glória» de um tempo
que não lhe pertence; ou ainda falar de ricochetes de balas,
de uma guerra que não conhece, nas paredes do beijo
como se a imagem refletida lhe desse estatuto de controlador
de génios e promotor apoderado de salgas literárias
sem genitais activos no confronto ideológico que deflagra
em cada esquina, em cada rua, em cada bairro. Nesse refúgio
da cobardia, o que se detecta são esconderijos nauseabundos
sob a bandeira decadente de uma revolta mimética inconsequente.
Não se fazem revoluções com humores pedantes
de falsas afetações literárias nem com fluidos de orgasmos precoces.
As armas indispensáveis da memória activa, o som gravado
das batalhas contra os usurpadores dos dias a haver, a turba
clandestina das cidades subjugadas pela suástica oculta,
a resistência às grilhetas de comissários nomeados
contra a liberdade,
o furor do Sol anímico deste Sul contra o frio acéfalo
das praças financeiras, são o grande reduto da crença
que move as páginas do pensamento para que o futuro
seja casa comum da ciência, do conhecimento, da partilha
como última oportunidade de uma vaga que não se esgota
na revolta, mas que reinventa com a sua poética coletiva das ruas

o desejo do ser solidário em nome dos dias de amanhã.
E não... e nunca nessa desconstrução decadente babada
em cada madrugada de recitais pretensiosos patrocinados
pelas hidras viscosas e fedorentas para que outras vozes
sejam silenciadas nos pântanos dos seus enxofres em nome
das idolatrias tirânicas à moeda falsa e única
da máquina-cadafalso.
E não... e nunca nos minetes dos impotentes às filhas das velhas
putas, que engendraram seres como extensões do antigo regime,
para garantir a renda da casa de luxo, a viagem aos muros
da vergonha, às terras da santa ignorância, ao palácio
das atrocidades em festa como se fosse o palco da soberba
da nova Inquisição.
Não, meu caro projeto de poeta tardio falho de talento,
a literatura e a liberdade, a plástica independente da cidade,
o teatro itinerante do sonho, o cinema e a cosmovisão
soberana do ser
não são compatíveis com o pechisbeque palavroso que vomitas
a soldo dos donos a prazo disto tudo na festa repelente
de falsas virgens debutantes no salão criminoso e bolorento
da ideologia xenófoba e vampírica!

16

Uma nova curiosidade desperta a atenção do visitante
que desilustra com o seu olhar o que vê: limbos expostos
nas páginas dos catecismos das ideologias desarraigadas da história
de uma paixão humanesca pela eventual narração
de vitórias e derrotas.
Desumanesca voracidade transversal pela exclusão.
Suporte e vocação de catástrofe nos bairros enlameados
pelo desprezo, pela calúnia, pela ofensa: remete-se a história
para a fímbria dos esquecimentos como se o cataclismo
não ministrasse imagens e textos das derrocadas do edifício humano.
Adorna-se a narração com biquínis e plumas,
afogam-se as notícias do cataclismo com champanhe
e a cor das trufas é metáfora da matéria intestinal do testamento.
Louvam-se uns aos outros em vestimentas cor de repolho
eléctrico e ditam modas até à exaustão do mau-gosto.
Por cá, os manequins feitos em cera e de corda deambulam
por feiras e quermesses, razoam desperdícios da língua
como sonâmbulos operáticos de uma Bruxelas
com despacho em Berlim.
Na lentidão quotidiana das florestas que restam, a lusa
humanidade silvestre, e não será certamente uma curiosidade,
quando entender a língua dos que agora morreram,
saberá despir os códigos perversos e fazer do território oblongo
o templo profano de uma entidade ecuménica,
pertença espiritual e material de uma comunidade apátrida

da desconstrução inevitável da Europa dos saqueadores.
A Sul da condenação, ao Sol da regeneração,
com o sal do *Mare Nostrum*. Sem fronteiras.

17

O cachimbo de ópio do meu bisavô matou-lhe os pesadelos
e incendiou-lhe os sonhos de uma paleta miscigenada
contra todos os mapas cor-de-rosa. Os seus gatos eram roxos
em telas amarelas e tinham acesso a todos os territórios
para além da moldura que lhe limitava os quadros
contra a sua vontade. Contestou as fronteiras da arte e dos povos
e queimou os caixilhos. A minha bisavó cantava ópera
enquanto pedalava a máquina de costura
que cosia fractalmente as pinturas caóticas, de paisagens e gentes
de mundos e hábitos tão diferentes, com linhas de lantejoulas,
numa festa de cores mescladas que urgiam os mundos
em gritos fraternais poliglotas contra o império do esquadro
e contra a esquadra da língua que ia derrotando esperanças
e esperantos no início de um processo de mundialização
imposto aos povos de todas as diferenças, impedindo-lhes
a merca artesanal dos sentidos, das emoções, do amor
e da miscigenação como resultado humano de suprema beleza.
O meu bisavô ficava esquerdo quando pintava a ópio
a sua descendência euroasiática, euroafricana, euroamericana;
a minha bisavó sentia as profundezas da liberdade em luta
quando cantava ópera em crioulo como se o matrimónio
das culturas fosse o ritual iniciático das utopias.
Não sobreviveram ao desastre das ditaduras.
A minha avó era uma contorcionista de paixões
em forças combinadas com o meu avô, que tinha um passaporte

de liliputiano. Cruzaram fronteiras como se elas não existissem
e fizeram das ilhas trapézios sem rede e uma paleta de artistas
sem nação cujo território era o universo
que recriavam em cada voo.
A minha mãe era trapezista e fabricava filigranas em contra-luz
como se fosse um poema que me deixou como única herança
para que a memória coletiva de todas as artes
fosse o território livre da humanidade multicolorida
dos sonhos opiáceos da paleta do meu bisavô
e da voz crioula da sua companheira como se buscasse
a essência do universo no quotidiano
e na matemática dos movimentos livres dos povos
que nos correm no sangue desde a arte rupestre.
O resto são ficções da economia financeira
de uma barbárie pedante.

28

Olho em segredo os registos herdados do passado que me condiz
e nos mapas dos oceanos de sangue vejo arquipélagos de mulheres
com raiz na história, vários nomes que se perdem
nas Grécias, Romas, Constantinoplas, talvez nos fiordes,
que fizeram versos com linhas de suor e humores esvaziados
na morte. Observo rios de gritos e lutas, séculos de marés
contra o destino, milénios de partos e testemunhos, rugas cavadas
como cicatrizes de memórias ancestrais, desejos e ensejos
para que filhas e filhos não se deixem aprisionar
nas águas estagnadas dos déspotas. E os mapas
são como murmúrios contra horizontes que se quiseram perdidos
e apontam vanguardas, registam territórios de conquistas
como actas indeléveis do que somos, do que viremos a ser
contra os equívocos orquestrados dos impotentes contratados
nas hordas submissas dos corrompidos.
E em presença do globo pressinto a gravidez de muitas gerações
até à página iluminada onde se declare com a autenticidade
ética da agnição
que só do conúbio dos sexos livres nascerá
uma humanidade de iguais.
Sem a leviandade masculina de deuses pederastas.
Utopia e ingenuidade, fagulhas congeladas de desejo e crença,
remos em movimento nas marés encrespadas,
para que os arquipélagos de mulheres sejam a Pangeia futura
onde os dias internacionais serão apenas memória
da presente barbárie.

29

Na estante dos resíduos, diria fragmentos inoperantes,
pequenos sinais cobertos de pó, como se a história apagasse
os ícones daquele tempo de complexos e detritos,
objetos estagnados na imagem do tempo que provocam calafrios
na memória, imaginários obscuros e tempestuosos,
conjunto simbólico de existências marginais,
aquém das civilizações
do conhecimento, do cinema, do movimento e do corpo.
A caixa de fósforos, o isqueiro sem licença de utilizador,
o aerograma da morte anunciada à partida do paquete,
o postal de palavras gastas, a ferradura da sorte
que convocava a esperança ao lado do sagrado coração
e da espiga morta como fé em coisa nenhuma, o boneco da bola,
o álbum amarelado na ditadura do tempo com fotos relevantes
de uma família em desistência fatal,
o frasco de óleo de fígado de bacalhau, a colher de alumínio,
todos estes objetos dentro de um penico de esmalte azul,
a escatologia de um tempo que matou tempos.
Curiosidades lamentavelmente recuperadas em videojogos,
nas promoções dos híper armazéns, na ficção virtual do gosto,
a moda «vintage» como se não houvesse sangue derramado
naquelas imagens, a alzheimerização da história
que canoniza figuras do antigo regime, colaboracionistas
da repressão das ideias, do fomento do silêncio,
hoje no pódio das democracias infectadas e purulentas,
o regresso das epidemias sociais e dos verdugos sem capuz

mas de gravatas e barbeados, herdeiros de curiosidades negras
numa europa pestífera ainda em trâmite da solução final
de um povo que quer ser de um território que é seu.
Curiosos objetos deste gabinete em memória do lixo.

20

Na palavra *texto* há um duplo decote que mostra o que não se vê.
No ponto comum que os une sublima-se o mistério
que precede a incógnita: aqui começa o futuro
e a obsessão, o desejo e a insónia, o crime. Está tudo escrito
nos famigerados livros sagrados do ocidente. Os do oriente
têm um texto metafórico sem decotes mas com uma fenda
que cria infinitos e heranças, exercícios estilísticos, poses
em palcos fashion sem delito. Sedas e ventres, uma nudez
intermitente, o suspiro como língua divina e doce,
o deleite como fonte de prazer: da galeria interior ao salão central
toda a biblioteca da humanidade, todo o conhecimento
que eterniza a palavra reduzida ao seu óleo essencial.
Na palavra *texto* há um duplo bastão em cruz
que quer ser teto. Substitui-se a incógnita do duplo decote
por um movimento interrompido que castra, proíbe, pune.
Da cruz ao crescente, do castigo à morte, a repressão do evento
não impede o círculo-mundo entre luz e sombras.
Êxtase e incógnita, revelação do decote:
esferas com epicentros na revelação do leite.
Em todas as línguas, o sabor.

21

Se as entrelinhas compensassem a clandestinidade obrigada
para a qual foram lançados os homens desfigurados pelo sal
talvez surgissem novos territórios conquistados às utopias.
Estas linhas não têm existência física num cartaz que anuncie
no limiar do futuro
os seguintes corredores do Gabinete de Curiosidades
que exibissem objetos e notícias do êxito solidário das nações.
O que deveria ser um país está reduzido a uma porção detida
por corporações de traficantes, por sociedades
que legislam influências e descontrolam a fome e a morte.
Hitler tinha um rosto, os seus sucedâneos não têm face
nem esqueleto, nem humanidade nem planeta. São máscaras
que metamorfosearam as democracias em poderes demoníacos,
numéricos, «ecrânicos», que transfiguraram as culturas
em lamas anónimas, em massas obscuras, em vultos sombrios.
O arquivo deste gabinete é uma feira de horrores e vergonha
que trucida o sentido da existência humana, uma amostra
de lixo, de esterco, de detritos perigosos que alimentam os fornos
das incineradoras das civilizações,
das diferenças, das multiculturas.
Hitler tinha um rosto de assassino, era um ludopata da morte,
hoje temos números sem face que assassinam a matemática
do conhecimento e alimentam as palavras de passe
para a ignorância eterna
como um inferno colorido por imagens virtuais

de paisagens inacessíveis, de logotipos de marcas inatingíveis,
de gastronomias improváveis em mesas onde se sentam sombras
maquilhadas, executores do abate coletivo,
verdugos de sentenças
que condenaram as populações ao cântico das sereias financeiras
até ao mergulho fatal no tenebroso oceano dos produtos tóxicos
como uma tempestade perfeita para o holocausto final.

22

Nada é gratuito (nem o velho colchão de molas
abandonado à esquina do olhar do fotógrafo)
nem inconsequente (como o insulto encardido
esparramado no balcão de um bar de conspirações).
Tudo se vende ao milímetro no território obscuro das falácias; tudo
é consequente no jogo de influências doutorais, no mapa
dos subpoderes; todas as transações têm troco a longa distância:
uma casa ou um palácio, indiferentemente, ou um paraíso
como deus manda em territórios ocultos aos pobres crentes
da vergonha, do respeito, da ética, da solidariedade.
Nada é gratuito
(as máfias falam de honra, os exércitos de nobreza, os políticos
de transparência) nem inconsequente. E têm filhos e netos
procriados nas sarjetas de luxo
cujo exemplo é a lama que maquilha
as máscaras aterradoras dos seus pais. Nada é gratuito
nem o sotaque afetado como código de reconhecimento
entre a sociedade de crápulas que aprendem com método
e estratégia… porque o futuro deverá ser barato
à custa da carestia que impõe a sua hediondez aos que produzem
a riqueza que não lhes pertence. Tudo é consequente no seu ardil
para que se eternizem as redes dos salões de conveniências
onde exibem tiques, afecções e afeições de educação excelsa
como exemplo transmitido aos herdeiros já infectados pelo vírus
que alimenta a arrogância de quem rouba a história aos séculos.

Nada é gratuito nem a moda vegetariana daqueles
que controlam companhias de aviação contratadas para a fumigação
dos povos excedentes.
Nada é gratuito, os paraísos deverão ser pagos
pelos escravos mantidos alegremente na ignorância
para que o voto seja a ilusão fraudulenta dos desiludidos.
Nada é gratuito nem a morte dos salafrários
que dizem ser impolutos!

23

É um mistério regressar às ficções como se fosse
um acto confessional ou intestinal, nada diferem entre si,
retornar às fotografias a preto e branco, pintadas à mão,
anunciando o mergulho no poço da morte do tio-avô
enquanto a tia por afinidade abria as comportas do paraíso
ao desfraldar as pernas debruadas a lantejoulas.
Os elefantes do álbum ocre tinham memória de 1500
e recordavam travessias da liberdade à prisão das habilidades
ao mesmo tempo que os seus irmãos tribais eram negociados
como bestas sem direito à memória original
para fausto das oligarquias cujos descendentes, hoje,
celebrizam tamanhas atrocidades com o mesmo palato
contratando mão de obra estagiária patrocinada e grátis.
Nunca se perde o apelido quando se rola das naus
de riquezas a haver aos casinos dos orientes ditosos
passando pelos coliseus de monstruosidades
em jaulas de cifrões e aplausos. Esta é a mais autêntica
sobrevivência do nome, negociando com golpe de rins
a estrutura do espetáculo seguinte que garantisse
o remendo nas tendas, a água nas malgas e, vá lá,
o psicotrópico que alimentasse o génio invulgar de assaltante
de surpresas, de viajante inesperado, de nauta do engano.
A clandestinidade e a sua maquilhagem eram mutantes
do olvido, o passaporte engendrado era de validade única
e irrepetível para que a denúncia não se convertesse,

por artes mágicas, em barras de prisão, em fossas
tão fétidas como a morte esquecida.
Tempos de antanho, metáforas feéricas
do que hoje se rasga na carne daqueles que nunca quiseram
ser malabaristas ao serviço imposto pelos canalhas
de apelido sonante que se eterniza
nos ecos dos salões mortuários!

24

A grande curiosidade final deste folhetim de genéricos encontra-se
na vitrine onde cagas desejos ejaculatórios em textos escapatórios
com estranhas parecenças a um poema;
lá está a foto do teu amigo
a bater com a cabeça na parede, solicitando à pedra sagrada
que não se lhe acabe a distinta prostituta porque a vida está cara
mesmo para aqueles que na miséria ostentam estilo nababo
que a musa endinheirada de cosmética falsária
e negócio de alimentos transgénicos alimenta com sorriso
como se a morte estivesse por perto; o incursionista emigrante,
falho de talento, também deixou inscritas as palavras dos outros,
devidamente citadas, para exibir leituras que não lhe cabem
na careca desvendada por ligações arrojadas aos manipuladores
europeus de imposições americanas, cada vez que me surge,
sem casualidades, é certo, tão desprezível escumalha literária
ao serviço dos gabinetes de Bruxelas e Estrasburgo mais se revela
o oportunismo velhaco dos acólitos bajuladores em busca
de uma esplanada com letras e cifrões que os sustente
na leviana e pardacenta cena de roseiral alcatrão;
a família em retrato
com damas pé de galo, convocando bruxas e mexericos
para que um dia a um dos tais lhe caiam os coentros liofilizados
em forma de coroa sueca com a etiqueta nobel.

Hipermodernidades

2

No parque tecnológico do gabinete de curiosidades, o ecrã hipermoderno é exuberante na sua informação premeditada da ignorância. No paradoxo do presente há dois passados em confronto: o que se desconhece e o que reacionariamente se exalta. O futuro-alvo é um domínio do efémero: o que existe já não existe. Nesta liturgia, celebra-se o presente e a identidade como expressão de uma vontade aparentemente própria e liberta de anátemas; valoriza-se o que é novo numa representação «vintage», a dessacralização do acesso, a afirmação do indivíduo que se perde em si e ignora, por desconhecimento imposto, o valor solidário da vida. Como fogo no subsolo das consciências, propaga-se o que é, mas já foi, num exercício hiper-rápido de sedução, num jogo de diferenciações, na apoteose do efémero. Brilha na montra o falso diamante da libertação das tradições enquanto há um regresso anacrónico ao tradicional, ao obsoleto, como estojo de uma aparência social fora do real. Neste jogo de espelhos subvertidos na fábrica, há quem afirme a sua autonomia quanto mais dependente se torna da arenosa novidade que lhe foge por entre os dedos. Na sociedade dos magros, os obesos ganham peso nesta essência individualista do paradoxo. A ignorância e a falácia surgem como elementos estruturantes da cultura do engano, da promoção da miséria, do desconhecimento de si. O vagabundo que outrora conduzia um veículo de alta gama dorme hoje na rua sob o toldo de uma reconhecida marca que a expressão da mentira exibe como alvo legítimo para uma diferenciação individualista do ser e do seu desinteresse e cegueira perante quem passa e não existe. Resultado dos mercados que fabricam diferenças, o homem é uma curiosidade de repetições semióticas. Uma novidade do passado.

2

Quando éramos modernos manifestávamos os nossos desejos singulares, lutávamos pela liberdade e igualdade, a fraternidade era, por vezes, um equívoco, enquanto se manifestava um individualismo autónomo amplificava-se a ruptura com as tradições mais conservadoras. Na intimidade do espelho descobria-se a estima por si, o desejo de ser e sair com identidade clara. Da religiosidade íntima à profanação do universo privado, o espaço social é despudoradamente o seu prolongamento. Há uma falsa liberdade do vazio, a ausência da perspectiva, da crítica onde ética e moral se confundem no exercício de um pacifismo arrepiante perante a modelagem de poderes obscuros. Por outras palavras, o desinteresse pelo outro, num processo agnóstico pela não intervenção social, como se a passagem pelo túnel sem luz das ditaduras desembocasse inadvertidamente numa paisagem idílica, de múltiplos acessos, como se passasse, metaforicamente, de um inverno gelado e miserável à primavera do consumo de massas, à entrada imediata do que antes era referenciado como espaço do sonho impossível. O hedonismo individualista como «ideologia» de uma pequena burguesia ascendente cujos troféus, junto da vizinhança, eram as representações fotográficas nas paradisíacas praias das Caraíbas onde se exibia a insustentável leveza da felicidade. Da teatralidade social ao endividamento assistido e estimulado, a paisagem era tão só o campo minado dos agiotas e dos poderes sem escrúpulos. A excessiva informação de ofertas desestrutura uma sociedade que acaba de descobrir que o desejo impensável está mesmo ali, na montra do real. A falta de consciência ideológica e a instabilidade social surgem como o grande paradoxo do novo escravo. De uma aparente emancipação à crispação de quem se viu extorquido, usurpado, espoliado da prometida vida em festa. Da emergência de um futuro à porta de casa à resposta desenfreada dos movimentos anacrónicos de obscuros poderes ao leme de uma frota ocidental à beira, ela própria, de ser engolida por um desconhecido buraco negro para o qual se dirige inconscientemente. O medo e as ameaças em nome de uma falsa e farsante estabilidade, os ácidos da inquietação e do temor, a ausência de futuro e o presente como um longo túnel sem saída estão a aniquilar o sul do ocidente, transfigurando-o num campo de concentração mortífero tão de acordo com a estética destrutiva do norte. E esta montra do gabinete de curiosidades pode estar a pouco tempo de fazer implodir a crença de um mundo melhor.

3

As complexas paisagens sociais do presente levam a uma perda constante dos sentidos: já não há discursos que tranquilizem nem sequer as «overdoses» do palavreado vazio da espiritualidade cujos protagonistas exibem despudoradamente a ingenuidade da ignorância. Tudo passa por consumos excessivos que as modas impõem. Nunca se viu tantos líderes espirituais, tantos gurus, tantos manipuladores do futuro. O hiperconsumo dos anseios espirituais revela o obscuro universo daqueles que passam a vida a desejar «muita luz, muita luz no teu caminho» a troco de uma nota de cinquenta ou de cem euros. Aceder ao plano da transcendência está cada vez mais caro. Paga-se com o despautério o futuro que nunca chega em forma de folheto de agência de viagens. A hora de uma consulta ilusiona a fome nocturna. A moda dessubstancializa o ser, infantiliza-o com as suas «fraldas» de marca, seja um deus, uma gravata, um relógio, uma carteira, um carro, uma casa, um bairro, um lugar de férias, um sonho; o selo é uma assinatura «divina» que conquista o fiel crente que consome o que os estrategas do hiperconsumo lhe enfiam pelos olhos. A sacralização do privado exibido no domínio público levou à fractura da solidariedade que as ideologias humanistas estruturadas defendiam. A promoção de uma tal sociedade mais flexível num mundo de diversidades conduziu o ser a um individualismo hipermoderno através do consumo desenfreado de emblemas como se eles sustentassem o corpo da dignidade humana numa ilusória ascensão de classe. E, assim, tudo se consome sem resistência. O capital é derramado nas estruturas mascaradas dos mercados financeiros porque eles próprios são discurso da moda agiota. A crítica inteligente deixou de ser olhada como modelo, passando a um consumo opcional e dando lugar a uma híper-intoxicação que credibiliza o discurso das ciências ocultas como portal de felicidade, institucionalizando a fraude no seio dos pobres de espírito. Sabemos, hoje, de que se riem os cleptocratas do Ocidente e porque se opõem a um ensino público de qualidade e a uma educação de excelência. Na oração do submisso sustenta-se a híper-riqueza do canalha.

4

Todo o passado é reciclado em função das novas exigências do consumo, da festa, da exuberância, que falseia a possibilidade de cada um na ribalta do poder.

Na sua relação com a vida doméstica, mulheres e homens reinventaram novos espaços de tarefas individuais num consumo do tempo que impõe uma nova ordem que implica consequentemente uma nova estética da vida comum.

Não se trata tanto de uma reciclagem dos valores do passado, mas de uma transformação radical nos meios mais informados, mais cultos e, necessariamente, não conservadores. Infelizmente, no mundo do trabalho, a maioria das entidades patronais, em nome da gula de poder, impossibilita esta transição num universo hipermoderno que estabilize a indiferenciação de géneros no exercício de todas as funções e responsabilidades. O mundo avança entre o bem e o mal. E as forças conservadoras e reaccionárias, ao perceberem o perigo que tais mudanças implicavam nas lideranças que lhes são favoráveis, querem fazer recuperar velhos conceitos de escravização moderna e humilhação que o tempo histórico não perdoará.

Desenvolver não é destruir. Criar não é aniquilar. Evoluir não é exterminar.

Os grandes avanços tecnológicos deveriam ter como Objetivo no universo humano o alívio do esforço de homens e mulheres para que as suas vidas fossem recuperadas na aplicação cultural dos novos tempos. Mas as chamadas elites empedernidas em poderes herdados utilizam as novas tecnologias como arma mortífera ao serviço do desejo. Desejo pornográfico e de prazer viciado que o domínio sobre homens e mulheres encerra, o que retrata a debilidade do carácter infectado por falsos pergaminhos de apelidos que, na maioria dos casos, ocultam actos de pirataria, traição e assassínio. Ou seja, toda uma história do crime organizado que tem vindo a sustentar os poderes há séculos.

Modernizar já não é sinónimo de qualidade humana, antes pelo contrário. Os «valores tecnológicos» estão a fazer definhar os valores humanos, conduzindo as sociedades para um espaço vazio, para uma terra de ninguém, para uma ideia do nada, para um niilismo aberrante.

E se alguns pensadores acreditavam que os valores dos direitos humanos não iriam tremer e cair perante a hipocrisia das sociedades tecnológicas e da abastança de minorias, veja-se o exemplo dos refugiados da destruição do Médio Oriente cuja recepção é negociada com ditadores como se fosse gado para abater em diferentes matadouros. E quem assina estes contratos são os líderes europeus de raiz conservadora e reaccionária em aliança com falsos socialistas que, em nome da sua prosperidade particular, traíram os princípios e valores humanistas que estiveram na sua origem.

E se antes havia, mesmo nas chamadas elites, uma vontade pelo saber, hoje, na sociedade do espetáculo, a sua preocupação foca-se na imagem da aparência e na preocupação de agradar e de se ser reconhecido, não por uma obra realizada, mas pelo simples prazer de se ser reconhecido por coisa nenhuma. E o que é paradoxal é que o reconhecimento é feito entre proxenetas e vampiros com o aplauso da população que ajuda a fomentar esse tipo de reconhecimento ao gastar o pouco que tem na aquisição de meios de comunicação que produzem e promovem estes eventos que coroam inexistências sociais, políticas e culturais. Este tipo de reconhecimento de hedonistas por hedonistas, profissionais de festas e festivais que alguns meios alimentam nas suas páginas ou ecrãs, apontam para uma vacuidade do entendimento de si-mesmo, conduzindo os seus protagonistas a uma riqueza material, através de uma relação de interesses obscuros, e a uma miséria ética e moral pela ausência de quaisquer valores humanos na sua conduta infame.

Tudo parece estar reduzido ao consumo desenfreado de prazeres como um prazer inadiável. E é aqui, neste momento, que o discurso ideológico faz todo o sentido. Em nome de uma democracia inteligente.

5

A imagem do indivíduo cosmopolita na hipermodernidade do século XXI tem um preço tão elevado que o resultado do seu cálculo é inimaginável. A recauchutagem da beleza e o exercício físico levado ao excesso olímpico, o comércio farmacêutico e a reinvenção de drogas em nome de uma falsa saúde, a desistência do saber e o desprezo pelo conhecimento, estão a levar os cidadãos da globalização a uma anorexia dos valores éticos e democráticos. E o que é paradoxal é que os seus promotores, os líderes dos Estados de violência, preconizam estas ideias e os seus efeitos em nome da famigerada segurança. Segurança de quem? Dos Povos? Não! Segurança das elites cada vez mais restritas e consequentemente autofágicas num exercício de profunda estupidez.
Promove-se abertamente o «cada um por si», ou seja, o esquecimento da existência do outro. Os Direitos Humanos nunca foram tão vilipendiados de maneira tão cruel como hoje pela gula financeira e pelo desinteresse de tudo o que diga respeito ao vizinho. Um vizinho que já não se vê porque não se quer ver.
A tolerância e o respeito pelo pensamento do outro são, hoje, desprezados com sobranceria. A violência de Estado já há muito não se manifestava como hoje. O assalto à casa das pessoas comuns é uma estratégia do poder para esvaziar qualquer esforço de revolta, de contestação organizada por falência vital. Os líderes europeus estão a levar conscientemente os povos à miséria para que as suas elites vivam cada vez mais na opulência. É uma estratégia que assassina as sociedades dos cidadãos assim como as suas culturas e história. Em nome da globalização destrói-se a diversidade humana com a mesma atrocidade com que os criminosos de quinhentos destruíram sociedades diferentes em nome de um deus desconhecido. O estado

de ignorância repete-se, não no espaço distante e desconhecido, mas no seu próprio território. Tudo em defesa da maior falácia da globalização: a formatação do indivíduo a partir de formatações de hábitos alimentares, sociais e culturais e na sua transformação em robôs numa sociedade de autómatos. Neste sentido, há que destruir todo o serviço público de educação, de saúde, de gestão dos bens que a todos pertencem.

A hipermodernidade do luxo e da opulência tem vindo a aniquilar a relação ética entre indivíduos. Promove-se a delação. A denúncia falsa é moeda de acesso ao elevador social ainda que destrua famílias, grupos sociais, culturas singulares. A corrupção financeira é patrocinada pelos Estados ocidentais, ditos democráticos, para que a Democracia deixe de ser uma realidade conquistada e passe à história como veículo dirigido por mãos criminosas ao serviço de déspotas sem rosto, desumanizados pela macilência do dinheiro, e que institua a cleptocracia firmada em leis que levam os cidadãos ao cadafalso.

A ética deu lugar à catástrofe, foi apagada do mapa social, fomentando o egoísmo e a hipocrisia como ferramenta do «salve-se quem puder». O desenvolvimento tecnocientífico, que deveria estar ao serviço do bem-estar, está a ser aproveitado pelos poderes para desregular a deontologia social e económica. O estado actual dos Estados está a provocar o desmoronamento de todos os valores éticos. Há uma liturgia da proibição ao acesso aos bens vitais, privatiza-se a água e a terra, queima-se o ar com o fogo destruidor da avareza.

Dilacera-se o bem-estar, mas exalta-se o prazer do mal, proclama-se a moderação mas pratica-se o excesso como imagem de marca de quem já pertence à elite do saque.

Hoje, os poderes e as instituições europeias não democráticas lançam regras e leis que lhes permitem conquistar o terreno do bem-estar pertencente aos cidadãos que edificam nações e o seu espaço histórico, político, social, cultural e económico. A Europa do protofascismo hipermoderno não quer cidadãos, mas sim escravos controlados por chips para que sejam apenas máquinas produtivas a baixo custo. Serviram-se da ingenuidade democrática e instalaram a ditadura da fome, da perda, do lixo, da morte antecipada.

O hedonismo do poder coincide com a tristeza profunda que paralisa a ação renovadora do cidadão.

A história, no entanto, tem exemplos inspiradores que devem ser hoje resgatados em nome da sobrevivência dos povos. A bem da cidadania criadora de bem-estar.

6

A ética esfumou-se do espaço social e económico e o seu contrário, corruptor, é imposto do exterior com um falso argumentário do novo-riquismo que veicula a sua desinformação através dos media.

É natural que radicalismos nacionalistas estruturados nos conceitos mais retrógrados e conservadores de família e nas, sempre perversas, Igrejas e confissões religiosas tentem recuperar o território que perderam pela aplicação das suas lógicas do efémero. Este movimento paradoxal de destruição do bem-estar coletivo para a recuperação de um espaço privado contra a propriedade pública é o reflexo de uma estratégia implementada de fora para dentro para uma desnacionalização da memória e da cultura e de todo um povo para que os braços do polvo, cuja cabeça é formada pelos caciques da União Europeia, suguem tudo à sua passagem em nome de um sinistro pacto de estabilidade.

Os media controlados pelo poder político, que por sua vez está subjugado ao perverso poder financeiro, têm como missão normalizar o medo e a cobardia junto dos cidadãos para que o processo de desestruturação da prática democrática da cidadania seja efetiva e irreversível.

Os media da hipermodernidade, através da criação das suas imagens excessivas e violentas, impõem comportamentos, isolando quem resiste e promovendo os seus títeres sem voz própria desapossados de alma e dignidade.

Se, por um lado, o aparente Objetivo é a estandardização dos comportamentos, por outro, é a morte da crítica o que mais interessa aos «capones» que hoje controlam as políticas ocidentais onde sobressai o caciquismo das instituições europeias. Está institucionalizado um regime criminoso cuja vítima preferencial é a cidadania. Ao inscrever-se no registo do espetacular, da moda feérica, os media valorizam a propaganda do luxo, do divertimento vazio, contra a implementação do conhecimento e do saber cujos valores representam o seu principal inimigo.

A megadiversidade da informação quer induzir ao indivíduo que ele tem acesso a uma liberdade de escolha nunca vista, a uma autonomia libertadora que se reflete na ilusão de se ter uma opinião própria. Nada mais falacioso. Essa megadiversidade é constituída por elementos de formatação estanque do indivíduo, levando-o a escolhas sem opção, criando à superfície da consciência o paradoxo de quem pensa que está a escolher o que na realidade lhe está a ser imposto.

O debate deixa de ser democrático porque a crítica é silenciada através da sua morte prematura. Os media só dão acesso às vozes do dono.

E da uniformização dos comportamentos, que representa a primeira fase do ataque à cidadania, passa-se à uniformização das convicções plasmadas em falsas opiniões que dão a entender que há liberdade de pensamento quando na verdade o que há é o seu estrangulamento. O que é uma fraude.

A hipermodernidade está a conduzir-nos a um niilismo totalitário. Quando se exacerba o individualismo está a capturar-se o indivíduo solidário, ou seja, a conduzir a humanidade para um beco sem saída.

Os media desinformam e censuram a partir da manipulação das imagens que levam à manipulação dos comentadores ao serviços dos seus patrões e amos.

Do admirável mundo novo ao repugnante mundo da «novidade» excessiva, há toda uma estratégia de aniquilação do poder cítico face à realidade hipermoderna.

Desvaloriza-se a inteligência e promove-se a estupidificação de massas com a normalização e internacionalização de programas abjetos para o consumo de massas que, sendo assim domesticadas, deixam de ter poder de reação, acabando por morrer com a ideia de que foram autónomas e felizes. Nada mais perigoso para a humanidade. Reconquistar a autonomia consciente de si é o primeiro passo para que a cidadania se liberte do polvo gigantesco que, com os seus braços repelentes, está a esmagar a civilização humanista.

7

O futuro tornou-se curto, a esperança precária, a ilusão efémera. Das autoestradas da informação ao individualismo hedonista, do aparente mundo do bem-estar ao fim do combate ideológico e revolucionário, a crença pacífica no ocidente moderno e opulento deu lugar ao fim de todas as utopias. Das transformações radicais nas sociedades avançadas à tomada do poder pelos netos dos perdedores como sinal de vingança contra os povos que ambicionavam a uma vida económica, social, política e cultural que conduzisse a humanidade a uma sociedade do conhecimento e contra o sofrimento e angústia de uma perda constante. Comercializou-se a esperança, mercantilizou-se a falsa solidariedade das nações e instalou-se a desregulamentação económica como arma de arremesso contra a ilusão e o desejo legítimo de quem quer viver sem sobressaltos e em busca de um melhoramento de si.

Os povos ao perderem o seu Estado perdem o futuro. Quanto menos Estado, mais campo aberto se expõe ao crime de Estado. Ora a privatização dos bens essenciais de consumo é o resultado dessa estrutura criminosa que se esconde atrás da fachada de um Estado como nação.

A concorrência desenfreada estimula a traição e com ela a desagregação do corpo social. Deixa-se de confiar no irmão, no vizinho, no amigo para se viver no diminuto espaço do «aqui e agora» onde o desejo dá lugar à vontade imposta do «já», custe o que custar sem pejo nem vergonha, sem honra nem piedade. A «dessolidariedade» entre próximos vai desfazendo a rede estrutural dos afetos. Deixa de haver o coletivo para se dar lugar ao egoísmo individual sustentado nas forças ocultas dos mercados tecnológicos. Deixámos de viver em comunidade para nos movermos em não-lugares que se transmutam em cada segundo. É a precaridade a uma velocidade estonteante como se quiséssemos o futuro arrumado no passado.

Não há espaço para a contemplação, somos sugados pela vertigem dos imediatismos de sucessivas modas que nos leva a um híper descontrolo da vida, ao próprio desconhecimento de si na relação precária com os outros.

Na aparente transparência do acesso ao consumo onde tudo está disponível sem filtros oculta-se a mais sinistra das ditaduras que desta vez não quer apenas privar os povos das suas liberdades fundamentais mas destruí-los a uma escala tal que abra espaço ao acesso a recursos só para alguns: as elites dos traidores do bairro.

A desregulação dos comportamentos, os excessos que advêm das vertigens quotidianas, a ilusão de poder, está a deixar a população doente, escrava de medicamentos, sofrendo as mais diversas patologias psicológicas, levando ao descontrolo da sua existência e à perda irreversível de si. É deste modo que se vão abatendo indivíduos ao efetivo para que se abra um novo espaço de deleite dos colaboracionistas desta ditadura cujo paradigma é esta Europa de não-eleitos que promove o abate indiscriminado do seu povo.

Sonhámos com uma sociedade de bem-estar e fomos conduzidos a uma sociedade do risco permanente, do medo, do obstáculo, do sobressalto, da angústia, do inimigo interior.

A necessidade de adaptação a todo este processo histórico está a levar-nos ao olvido dos fundamentos da sociedade humanista e solidária. Tudo em nome dos mercados onde indivíduos sem sangue nem alma, sem escrúpulos nem valores, brincam com seres humanos como quem joga «playstation». Nesta sociedade do hiperconsumo desenfreado de supérfluos e da corrida ao lucro, transformaram-nos em bonecos animados que se abatem para que se atinjam os objetivos do jogo. Deixámos de ser gente para passarmos a ser modelos de fantasmas.

Somos protagonistas de um mundo perturbado, mas devemos ser lucidamente protagonistas da reconquista do tempo social e solidário que só uma sociedade do conhecimento e do saber pode proporcionar em nome de um futuro em paz.

8

A sacralização do actual, a liturgia do «minuto de sorte» nos grandes armazéns, o apelo ao consumo do desnecessário, da novidade inconsequente, do «gadget» para a caixa de obsoletos, trouxe ao presente uma ideia de futuro que a partir do passado recente o estigmatizou às portas da miséria. Resultado da comunicação de massas, da adjetivação superlativa do produto supérfluo através de uma lógica de um desejo imponderado de acumulação de coisas inúteis ao bem-estar.

De uma sociedade castradora a uma sociedade do efémero, da moda, de uma falsa ideia de poder estar na linha da frente, o escravo é seduzido pela escravidão. Neste ardil, só tem valor de atenção tudo que não seja repetitivo.

O espaço íntimo da casa torna-se «vitrina» da novidade e do desejo de consumo. Moda e desejo desarticulam o bem-estar íntimo, provocam dissociações com o meio, criam divórcios. Do espaço de interioridade e contemplação, o indivíduo é levado ao consumo do espaço mutante, espetacular e exibicionista. Donde a exigência dos grandes armazéns e dos híperespaços de consumo, a proliferação de uma aparente escolha com o «faça você mesmo», a moda dos padrões efémeros, dos objetos-fetiche impostos pela massificação das imagens excessivas que metralham o indivíduo, destruindo-lhe o gosto, mas fomentando-lhe o desejo do último modelo e o pavor humilhante de não ficar para trás. Consumo vitorioso das marcas até à miséria final do indivíduo-lixo. Esquecido. Ultrajado. Derrotado. Vítima do neofilismo perverso e doentio.

Esse desejo privado, que alimenta uma felicidade precária e efémera numa lógica de corrida sem destino e contra ele, antecipa o futuro como um estupefaciente que leva o indivíduo ao êxtase alucinogénio da novidade supérflua. A urgência do prazer imediato estimula o esquecimento dos valores fundamentais da existência, transferindo o deleite do conhecimento para uma frustração programada e dirigida a distância do não alcance de tudo o que é novo, destruindo, assim, a essência do processo criativo que melhore a humanidade na partilha dos afetos e na solidariedade coletiva. Ao contrário do que se quer transmitir na mensagem do produtor de novidades excessivas, isto não desenvolve o que há de melhor no ser humano, mas destrói-o num mundo de frustrações intermináveis que afetará irremediavelmente a relação com os outros.

A euforia do consumo subiu ao pódio de onde se «avista» a mais pérfida miragem de bem-estar e lazer.

Ninguém quer ficar para trás nesta louca corrida à moda, fomentando o endividamento e o controlo de si por outro e a consequente precariedade futura onde tudo se perde: trabalho, família, sonho de bem-estar. Do paradoxo de uma felicidade eterna à perda de si que retrai o estímulo de uma vida melhor no seu tempo de eternidade. Deixa de haver presente e futuro, mas apenas memória «áurea» de uma falsidade de um passado que retirou expectativa equilibrada num futuro de boas perspectivas.

Marcas e mercados, bancos e dinheiro multiplicado, corrupção e golpes financeiros não são alheios a todo este processo de desmoronamento do edifício ocidental que deveria ser a vanguarda do bem-estar e mais não é do que a retaguarda criminosa do assassínio em massa. A sociedade hipermoderna do Ocidente é a mais devastadora «serial killer» da história da humanidade e que não pode ser diretamente imputada. Só uma verdadeira revolução de mentalidades poderia reequilibrar a vida planetária, mas não sem que houvesse um confronto ideológico que pusesse fim ao desbragamento e incontinência financeiros que levou a «elite» das «elites» ao descontrolo fatal e ao assalto despudorado dos bens coletivos para alimentar a sua satisfação imediata de lazer luxuoso.

A liderança europeia estimulou e estimula a prática deste crime cujo resultado é aquele que estamos a sentir na pele com o saque a que estamos a ser criminosamente sujeitos. A consciência de futuro apela-nos para um movimento de mudança que altere este paradigma europeu tão arreigado na sua história feudal de má memória.

9

O capitalismo financeiro não vê para além do minuto. Falseia prognósticos, adultera perspectivas. Lucra contra tudo e contra todos. Não tem Estado, controla-os. Estimula concentrações de riqueza, produto de roubo institucionalizado.

O capitalismo financeiro ergue-se como quartel-general de todas as guerras, ocultando um qualquer herdeiro coletivo de um Hitler pré-globalista. O capitalismo financeiro é tão daltónico que não distingue outras cores senão a cor do dinheiro. Do dinheiro roubado às ilusões. Do dinheiro facilitado pelo intermediário do abuso. Do dinheiro escondido nos infernais paraísos que estão a incendiar o globo.

O Capitalismo financeiro não tem tempo. Mas exige a totalidade do tempo dos trabalhadores. Exige a flexibilização dos horários de trabalho, do despedimento, dos salários. O capitalismo financeiro na era hipermoderna quer flexibilizar a paisagem humana à sua volta, à sua medida, até à paralisação do gelo e da morte. Por outro lado, alimenta muito bem os seus propagandistas através da ecranização global desta sociedade de rupturas. Estimulando com o luxo prometido a traição aos mais elementares direitos humanos que, para as suas estruturas cerebrais, não passam de lirismos de uma ideologia a abater.

O refrão da rentabilidade, do crescimento a qualquer preço e da urgência sustentam um plano infindável de «reformas» até à exaustão dos povos para que a debilidade da luta deixe o campo aberto à vilipendiação do planeta.

O neoliberalismo fomenta o «presentismo», destruindo todas as escalas do tempo. É um vírus que destrói todo o esforço feito pela civilização. Em nome do lucro fácil e imediato destruíram-se postos de trabalho, precarizou-se a subsistência, eternizou-se o desemprego como ferramenta de manipulação contra as populações famintas em nome de um falacioso argumento de que estávamos todos a viver acima das nossas possibilidades. Como se fôssemos inconscientes na gestão dos nossos recursos. Mas foram os Estados ocidentais, sustentados no capitalismo financeiro do neoliberalismo feroz e na corrupção dos seus líderes, que viveu acima das suas possibilidades. Nada mais lhes restava do que acusar os cidadãos de tal desmando e devassidão.

É uma guerra que mata mais do que qualquer outra guerra da História. E os seus generais não usam fardas camufladas, mas camuflam com as suas gravatas berrantes, como ícone de boa educação civilizacional, a destruição do bem-estar em modo contínuo. Para eles há muita gente a viver acima do que lhes é permitido, consumindo o que a eles «pertence». Sabem que o planeta não é inesgotável e, nesse sentido, lançam diariamente programas de morte a médio prazo numa carnificina faminta global que coloca o nazismo como uma diatribe perdida na história do século passado.

Assistimos ao paradoxo da indiferença, da desistência, da anti-luta; aceita-se a insegurança para uma vida inteira. O futuro deixa de ser uma perspectiva para ser epílogo de uma existência miserável. Os padrões do Ocidente e desta União Europeia foram decalcados da mais atroz estratégia das máfias mundiais. Os Estados do Ocidente «mafializaram-se» e, em nome da protecção que prometem aos cidadãos, extorquem-lhes o dinheiro, o benefício de uma vida de trabalho. Infantilizaram os povos para lhes roubar a existência, e até mesmo a identidade e o bem-estar a que têm direito.

A pornografia do Estado, controlado pelo capitalismo financeiro, impôs-se à ética dos bons costumes, à solidariedade entre povos, à defesa do planeta, à saúde global da convivência.

Este ambiente civilizacional dá entrada em cena ao mais pérfido dos medos, à insegurança constante, ao terrorismo de colarinho branco. A insensatez pela catástrofe, pelas epidemias, pela morte anunciada nas zonas do globo onde os seus planos de destruição tiveram êxito pleno mostra bem a frieza vampírica de quem tomou o poder através dos mecanismos ingénuos da democracia, pervertendo-a à sua medida. Quanto mais a ignorância for fomentada, mais se eternizam no poder. E as populações ignaras aceitam de cabeça baixa esta afronta à sua existência a troco de folhetins televisivos opiáceos que os fazem sonhar com uma vida plena numa patética reencarnação futura.

Destruíram-se as conquistas sociais, não se limitaram os danos para que o fogo-de-artifício continuasse a iluminar os jardins exóticos dos proxenetas do Estado.

A doença psicológica é hoje a apoteose das farmacêuticas, o braço armado deste programa de destruição da crença em si das populações. O consumo excessivo de tranquilizantes como panaceia de todos os males deixa os cidadãos fora de combate e alheados na sua dormência do funeral que se lhes prepara minuciosamente.

A euforia do Estado é hoje premiada com os glóbulos oculares (banhados a ouro) arrancados aos cidadãos que, cegos, deixam de perceber que os agiotas de Estado já comemoram a sua morte na ignara escuridão.

É contra este estado a que o Estado chegou que temos a obrigação ética de lutar com todas as ferramentas que a hipermodernidade criou para nos derrotar.

10

Espera-se sempre tempos melhores. Como se fosse um deus menor escondido nos interstícios das nuvens. Espera-se sempre tempos melhores, um amanhã radiante, um tempo de sol como sinal de felicidade e abastança. Há uma certa crueldade nesta esperança, que não deixa de estar presente, enquanto os dias vão passando lentos e cinzentos sob estandartes hediondos, cujas palavras de ordem e argumentário são «megafonizados» por televisões cada vez mais manipuladas pelos defensores do crescimento a todo o custo. Mais não são do que «avatares» da desgraça, da miséria, da morte.

O progresso já não é o que era. A ideia tradicional de progresso que exibia florestas a ser destruídas para dar lugar a metrópoles já não faz muito sentido numa lógica de venda imagética do futuro já. Hoje, o progresso é tão rápido e mutante que, paradoxalmente, mal se lê e se olha. O progresso serve-se da intuição tecnológica do grupo-alvo a quem se destina essa linguagem de fragmentos. Como se o progresso fosse uma espécie de argumento interminável para uma telenovela embrutecedora, que vive de suspensões infindáveis, sustentado em promessas desconhecidas. O progresso não traz muita coisa de novo. Traz pacotes de «novidades» que não ajudam a pensar. Este progresso manipula mentes pela insistência dos seus códigos, pela velocidade e pelo excesso; há um novo-riquismo de sinais, códigos e ícones. Mas ainda assim o progresso continua a destruir. E agora vai direitinho ao conhecimento. O progresso contra o saber. Disfarça a sua destruição com mega-informação, com «overdoses» de informação e, ainda assim, não é conhecimento nem saber. Este progresso não deixa lugar ao pensamento, à observação, à contemplação. Este progresso invade todos esses espaços para que não se observe, para que não se pense, para que não se contemple. Diria que se trata de um progresso frio, sem temperatura de sobrevivência. É um progresso que vai matando a curiosidade pelo saber. É um progresso de uma ciência mastigada, pronta a ser consumida já e descartada uma hora depois. Este progresso é uma «fast science», apresentado em embalagens de luxo que acabarão nos contentores de lixo com os seus conteúdos muito antes do prazo de validade de uma existência prevista porque novas surgem em cascata. É um progresso incontinente. Que fabrica sem preservativo. Que faz nascer e morrer num curto prazo. É um progresso autofágico, canibal, destruidor da mais profunda raiz do prazer de pensar. Este progresso não deixa pensar nem formular. Este progresso mastigado de fábrica criou uma ideia de conhecimento que em si é um produto de moda. A moda da ignorância de saber quem se é, de onde se veio. Este é o progresso da robótica, da máquina telecomandada, sem órgãos, mas não é o progresso do humanismo, antes a sua morte lenta.

Este é o mundo hipermoderno. Das hipertensões, dos hipermercados, das híper-imagens, da hiperviolência, da hipervelocidade e da híper-ignorância. Em nome dos famigerados mercados sem rosto. «Não pense. Consuma teclas e cliques, meio segundo de imagem e puré sintético».

Criam-se doenças psicológicas graves com a mesma lógica que surgem monumentos à ignorância com os chamados livros de autoajuda num processo de destruição programada da inteligência. A incompetência científica encartada a exibir-se despudorada e imoderadamente sob a capa provinciana que publicita que tudo o que venha dos incontinentes «states» é bom, a única saída para sobreviver numa sociedade híper-doente. Promovem-se epígonos. Vivemos numa sociedade de contrafação registada como marca da hipermodernidade. É a pornografia do futuro a impor-se como etiqueta de um falso progresso recheado de produtos obsoletos, de lixo eletrónico, de poluição exponencial, de uma paisagem comercial de imprestáveis. De invólucros vazios. As grandes marcas surgem como templos de uma nova religião, de uma religião escatológica. Há uma corrida ao impossível que afeta o mundo dos possíveis. Que mata a possibilidade de pensar o possível enquanto o sugador abíssico se abre cada vez mais a uma sociedade que se perde no mistério, no desconhecido, no impossível regresso ao sabor da vida.

22

Da morte de deus à sua recuperação plástica e comercial, com os milhares de movimentos, congregações e igrejas evangelistas e grupos e grupelhos fanáticos do islamismo, do hinduísmo e de toda a «new age», sustentada na crença irracional, passa pela sociedade um comboio de destruição dos valores humanistas, drapejando à cabeça a bandeira das arbitrariedades golpistas que, a alta velocidade, se dirige para a mais obscura das gares: a ditadura sobre os livres-pensadores em nome da maior falácia da história, a crença divina, numa potência exterior ao homem, e, paradoxalmente, na sua ajuda num processo de destruição dos valores fundamentais da humanidade neste conturbado século XXI. Mais do que um «eterno retorno» é o retrocesso aplicado pelas elites revanchistas.

São os corruptos, os assassinos, os déspotas, os criminosos, aqueles que mais apelam às forças divinas para que a derrota das democracias ou a impossibilidade da sua implementação se torne na mais negra realidade dos nossos tempos. Os corruptos que tomaram conta dos Estados, os assassinos treinados na estrutura estatal que vão matando a esperança de gerações e gerações em nome da gula dos depravados, os déspotas que encontram nesta paisagem de desolação o terreno propício para a imposição de ideais a favor dos seus interesses e contra os cidadãos, os criminosos que actuam sem cabeça e que funcionam como polícia punitiva contra uma sociedade que se revolta. Tudo sustentado no negócio de curto-prazo, no imediatismo, na volatilidade das modas e dos desejos mais primários baseados na inveja. A instabilidade na confiança em si-mesmo está a conduzir a humanidade a um buraco negro. As instabilidades dos sistemas financeiros e das economias a partir de jogos subjetivos de valorizações e desvalorizações de bens essenciais ao desenvolvimento humano como se a humanidade fosse um mero peão de brega.

Os otimistas que lutam pela transparência das ideias e dos actos são ferozmente combatidos pelos pessimistas que subvertem os valores do progresso humanista em nome de redenções divinas. Os otimistas acreditam nas faculdades criadoras do homem. Os pessimistas crêem na salvação divina, fazendo crer que só essa entidade obscura tem nas suas mãos o futuro da humanidade.

Ateando fogueiras de medo, inspirados pela ideologia das inquisições de várias origens, os actuais «senhores» do mundo aplicam a mesma retórica para esmagar qualquer veleidade da humanidade se libertar da falácia teísta e começar definitivamente a acreditar nas suas potencialidades criadoras.

Os otimistas, sejam irritantes ou não, avançam na senda da glorificação do homem através da verdadeira ciência e cultura humanista. Os pessimistas, com a carga oportunista e profundamente desonesta que lhe está associada, esperam pela intervenção divina a favor dos seus exclusivos interesses pessoais imediatos ainda que ponham em causa a sobrevivência do próprio planeta.

Os otimistas defendem a escola pública como centro de educação, de aprendizagem e que satisfaça o desejo dos alunos para que o futuro os atenda; os pessimistas querem destruí-la para que sejam as «escolas» privadas a seleccionar quem tem direito ao ensino e impor a formação que mais interesse à eternização das elites no poder. É a destruição do ethos regional em nome de uma «normalização» das massas para que as elites ainda se distingam mais através da hipocrisia deícola.

Os otimistas pensam, logo não podem existir!

12

Há ao mesmo tempo cada vez mais consciência de si ao prazer primário e, paradoxalmente, um abandono de si ao prazer do conhecimento.

Tudo é efémero: o que se consome numa eterna infantilização do desperdício; o produto de lazer como moda ou, pior, como mimese; as férias como veículo que autentifica poder em relação ao outro que, por sua vez, se endivida para não ficar atrás nessa terrível disputa de aparências.

Na saúde, as coisas agravam-se pelo desejo de uma crença patética na eternidade que leva o indivíduo ao consumo de produtos falsos das farmacêuticas que prometem milagres de rejuvenescimento que nem o alquímico elixir da juventude poderia assegurar. Recauchuta-se o aspecto da pele e deixa-se envelhecer o espírito da curiosidade e do saber. Vive-se mais sem se saber o que se pode viver saudavelmente na paleta global.

A educação é abandonada a favor da informação excessiva sobre o objeto efémero. A leitura dos clássicos foi desprezada, abstraindo de si o conhecimento da história, o desconhecimento dos modernistas é uma realidade que deixa de o ser no espírito de um tempo em aceleração suicida. A história só é exaltada através de detalhes descontextualizados, dando lugar a ideias de factos inexistentes. A escola não tem poder de sedução nem de captação. Os seus métodos com mais ou menos computadores e técnicas digitais estão obsoletos. Impõe-se o discurso formatado, rígido e agressivo e esquece-se a conversa, o diálogo, o lugar à questão, à dúvida, ao porquê. Os programas já não são atraentes porque não pertencem a este tempo nem respondem às suas exigências. Quanto mais insucesso mais ignorância, mais dificuldade da aplicação de si no exercício social, mais exposto ao perigo da violência do poder dos ignorantes cujas elites estimulam a arte do engano.

Pedem-se mais horas de trabalho com remunerações mais baixas, alterando negativamente a qualidade da produção, mas levando ao lucro pornográfico daqueles que procuram desmesuradamente o consumo inconsequente do luxo. Os empresários sustentam-se dos bancos para sustentarem banqueiros que, por sua vez, roubam indiscriminadamente os cidadãos. Quem viveu acima das suas possibilidades? O cidadão comum? Não. A sociedade criminosa de políticos corruptos, incompetentes e ignorantes em associação clandestina com traficantes de dinheiro e influências, gerando uma eterna factura que deverá ser paga pelo cidadão contra a sua própria existência.

O tempo esmaga-nos. Entramos em conflito com o tempo. E perdemos espaço para existirmos. Utiliza-se o tempo para acelerar Objetivos de produtividade, esmagando o corpo do trabalhador com o peso impossível do tempo para o «investidor» passar a ter o tempo que roubou ao seu funcionário. Tudo entra em confronto num gigantesco boião de agressividade. Luta-se contra o tempo numa viagem contra o presente em busca de um futuro que nos agride e nos deixa a enorme frustração de não termos aproveitado o passado enquanto ele foi presente. Há um desejo de futuro como se fosse a panaceia para os males do presente quando mais não é, como se tem verificado, o caldeirão de uma sociedade canibal que nos vai cozendo em lume forte. Corre-se para o futuro sem se saber que se foge do presente. Olha-se para o gesto dos produtores de «gadgets» que acenam com produtos de aparente acesso fácil como se acena aos burros com cenouras. E a turba corre sem parar, sem olhar para trás, movida por emoções descontroladas para chegar ao futuro e constatar que ele se tornou na mais cáustica derrota do presente. E continua a correr contra o tempo para que o tempo lhes retire o ritmo natural de uma vida presente. Violenta-se o presente projetando futuros plenos de banalidades. O futuro fabricado pelas grandes multinacionais do consumo retira-nos a consciência de viver plenamente o presente com as conquistas sólidas que trazemos do passado. E ao perdermos essa consciência perdemos o passado, o presente e o futuro para gáudio daqueles que programam holocaustos sociais no tempo.

O futuro trouxe consigo o retorno do confronto agravado entre as grandes potências, as guerras em territórios de grandes recursos e de populações paupérrimas que estão a ser destruídos pela gula das minorias criminosas que, por sua vez, sustentam terrorismos que alteram o sentido da nossa segurança e que alimenta os poderes que nos consomem a esperança com um exaustivo cardápio de medos.

Tudo se desorganiza.

Perdem-se empregos, casas, afetos.

Ao querermos subverter o tempo, somos esmagados por ele numa luta paradoxal.

O tempo que nos toca é para ser vivido e não escoado.

Tudo é urgente quando se esquece o que é importante.

13

Tudo nas nossas vidas é pesado. Tudo é urgente. As pessoas andam a um ritmo desenfreado numa concorrência entre si, descomedida, abrindo espaço ao desfalque das emoções e dos afetos. Age-se por impulsos consumistas, políticos, interesseiros, sem que haja uma reflexão sobre o que é acessório ou o que é essencial. O esbanjamento dos mais ricos ofende a necessidade vital dos mais pobres. Surgem protestos quase silenciosos, dramatizam-se comportamentos, o discernimento é afetado pelo imediatismo dos desejos de poucos e pela fome de muitos.

A riqueza de poucos contrasta gritantemente com a escassez da maioria. A excessiva disponibilidade de tempo de lazer dos mais ricos contrasta com a escassez de tempo para os mais pobres. Uma sociedade de lazer e esbanjamento em confronto com uma sociedade de trabalho sobrecarregado de tempo e Objetivos. Objetivos, Objetivos, Objetivos. Em nome dos famigerados Objetivos, o essencial da vida é chantageado minuto a minuto. Com tantos Objetivos profissionais, as pequenas comunidades familiares perdem o Objetivo do seu próprio bem-estar. Deixa de haver tempo para a família, para os amigos, para o diálogo, para o silêncio, para si. A exploração laboral hipermoderna sobre o indivíduo híper-controlado sob uma híper-rede de vigilância está a criar uma sociedade de ausências, de autómatos, de doentes psiquiátricos, de desistentes, de fragmentações sociais e de desmoronamentos dos esteios familiares e conviviais.

Tudo pesa. A escassez pesa. A falta de tempo pesa. O pouco discernimento pesa. O imediatismo por falta de reflexão pesa. São toneladas de preocupações e infelicidades adicionais que levam à derrocada da condição humana, ao desfalecimento do homem numa sociedade cada vez mais controlada pelo despotismo de uma produção sem limites de acessórios e pela destruição massiva da produção do essencial.

Rouba-se tempo aos desempregados afetados pela miséria. Destrói-se o tempo dos desalojados e despejados pela conduta fraudulenta dos bancos patrocinados por instituições europeias criminosamente organizadas. Liquida-se o tempo dos cidadãos para que possa investir em si. Aniquila-se de tal maneira o tempo nesta sociedade de excessos que deixa de haver presente e futuro. E desiste-se. Desiste-se do escasso tempo que resta. Soçobra-se ao peso incomensurável do poder insaciável das elites. Morre-se sem tempo. Tudo em nome dos excessos de minorias identificadas com o crime político, económico e financeiro, organizado em castas e clãs que ao longo dos séculos atravessaram incólumes todos os regimes.

A sociedade hipermoderna é um campo de concentração com a dimensão do planeta onde a pressa do tempo leva a uma hiperactividade sem produto real e sem destino justo. É a nova barbárie dos consumidores de luxo que se impõe à produção do essencial para todos. Se há desemprego, fome, miséria, desalojados é porque uma minoria extorquiu os bens essenciais de uma maioria ferida de morte e sem reação.

Se a urgência se sobrepõe ao que é importante, torna-se urgente reconquistar o que verdadeiramente importa a um saudável desenvolvimento humano. O tempo e a falta dele estabelecem a mais sonora desigualdade social. Há que reverter a Roda do Tempo deste tempo de sinistralidade humana. Reverter as reformas desta roda do tempo e accionar uma nova revolução no tempo de cada um.

Os Estados hipermodernos, de que é paradigma a associação de malfeitores da «União Europeia», avessos a qualquer tipo de revolução de mentalidades, apresentam as falaciosas reformas do sistema para que o sistema continue na mesma ou seja cada vez mais asfixiante para os seus povos. As reformas, as eternas reformas, mais não são do que um círculo fechado de onde nunca se sai até à exaustão. É a híper-falácia da hipermodernidade. A híper-estupidez dos híper-ignorantes, que tomaram conta do poder, está a conduzir o planeta para um confronto global onde todos serão derrotados na última página da história. A não ser que a Revolução dos Homens contra os criminosos da História volte a estar na ordem do dia.

14

Luís de Camões, num dos seus sonetos mais celebrados, escrevia: «Mudam-se os tempos, mudam-se as vontades, /muda-se o ser, muda-se a confiança: /todo o mundo é composto de mudança, / tomando sempre novas qualidades».

O mundo sempre foi composto de mudanças e quase todas as mudanças implicam dor e a dor é uma violência e a violência não deveria ser tão natural como esta sociedade de constante mudança assume com naturalidade.

Ao banalizar-se a mudança como estigma da hipermodernidade produtiva e consumista, está a vulgarizar-se a violência como estigma da mudança. Se o mundo é composto de mudança nunca a mudança foi composta por tantos mundos que oferecem alterações radicais que geram violência; uma violência de perda com dor, que vai gerar uma espécie de saudosismo, de um tempo em que as ditaduras não davam lugar às mudanças, que geravam, por si só, a violência do protesto de todos aqueles que lutavam contra a paralisia de uma sociedade pobremente só e pela mudança radical de uma sociedade que trouxesse uma liberdade responsável. Mas, se o desejo de mudar de outrora era suportado pela legitimidade da liberdade, hoje este desejo de mudar pouco tem de ideológico, tornando-se uma espécie de veículo de terapêutica contra o vazio existencial. Muda-se consumindo tudo o que as montras oferecem. Comprar para não envelhecer. Adquirir para estar «updated», para vencer o tempo que naturalmente nos consome. A última moda, paradigma da mudança, ajuda-nos na ilusão de viver a eterna juventude num primeiro momento e, mais tarde, num «upgrade» da moda contra o envelhecimento e contra a angústia da morte, a intervenção plástica no corpo que prolonga a ilusão de saúde plena, de não envelhecimento, da moda como modo de vida numa sociedade que idolatriza a beleza da juventude e ostraciza o conhecimento da velhice. Mas a violência da mudança não acaba aqui, levando a outro tipo de violência, a uma agressão sobre si-mesmo, que é a experiência do ridículo. E como isto anda tudo ligado, a experiência do ridículo associa-se facilmente ao descalabro da ignorância, à falta de senso comum, à não assumpção de si, para querer assumir uma «persona» que em si não existe nem poderia existir.

Se a mudança nos pode trazer a liberdade de expressão no contexto democrático, também pode convidar, nesse mesmo contexto, à máscara, à eliminação de si, à produção de um outro cuja manutenção é a mudança constante, a captura do tempo para que o tempo aparentemente não se mova de si. Chegados aqui, surge a violência da contradição insuperável: se o corpo, aparentemente rejuvenescido por intervenções de recauchutagem, exibe uma juventude ridícula porque disforme com a realidade do tempo, já o cérebro não acompanha (até pela ignorância e estupidez que lhe está associada) a mudança científica e tecnológica da hipermodernidade. Como os gatos castrados que podem sentir o apelo do desejo, mas não podem concretizá-lo na sua expressão. Estaremos a construir uma sociedade de seres muito belos e castrados cerebrais? Há excepções, mas essas são isso mesmo, excepções. E como o rejuvenescimento não pára de envelhecer, a violência do consumo desesperante torna o ser cativo de uma aparência que o futuro não perdoa, jamais perdoaria, assim como os seus próprios recursos não perdoarão. Se a paranóia da eterna juventude levou ao desaparecimento dos alquimistas operativos de tempos distantes (e não dos folclóricos que por aí andam na sua banha da cobra característica da «new age» hipermoderna) também levará à falência física e espiritual de todos aqueles que acreditam na eternização do seu aspecto.

Mudar para ficar na mesma. Ou pior: parecido. A mudança das parecenças diaboliza, por sua vez, a mudança pela diferença, pelo conhecimento, pelo pensamento, pela criação. Donde se testemunha a expressão da futilidade do ser que investe para se manter nas mudanças constantes da moda com uma juventude corporal que está fora do seu tempo, criando o tempo ridículo do grotesco, da máscara, do esgar. E isto não é barato. E é aqui que se esconde a falência do ser. O investimento descontrolado na moda supersónica, esquecendo que o ser humano tem o seu tempo de vida nesta engrenagem, conduz inevitavelmente a uma morte prematura por ausência de respeito por si mesmo.

É evidente que os agiotas dos mercados estão atentos à moda das mudanças constantes, pagando muito bem a alguns interventores científicos para que eternizem a ilusão da ignorância numa fraude social.

15

A pressa desvincula, faz do homem um vagabundo de cenários em busca do paraíso que não existe, um viajante que não observa, sem memória e sem afeto. Parar para observar é cada vez mais raro. Viaja-se em cinco dias para conhecer cinco cidades. Fotografam-se ícones, desconhece-se o seu valor. Inventamos obstáculos num jogo lamentável de inconsequências. O prazer de contemplar deu lugar ao prazer da superação, do recorde, de ver tudo num ápice, mais do que o outro, numa concorrência desenfreada que nos retira o prazer sensual do olhar. A «second life» virtual e enganadora arrebata o protagonismo do que é real, da autenticidade humana na rua. Criam-se máscaras que tomamos como amigos com os quais intercambiamos ficções. E nada mais. Porque este tipo de esconderijo não o permite. Inventa-se uma personalidade, um modo de estar, sem riscos, que existe no desejo de cada um ser outro. O que pode dar lugar à prática da arte do engano, da camuflagem, da proposta desonesta, da vigarice, do crime. O afeto e a proximidade dilui-se nas relações virtuais descartáveis. A solidão é um modo de vida que alimenta o espetáculo do «faz de conta» como um regresso pernicioso à infância.

E o que resta? A perda do som da fala. O contacto da pele. Só se vê o que se mostra em grandes planos que escondem o plano geral. Por outro lado, nunca se falou tanto, escrevendo, afirmando o que não se é, o que não se tem, o que não se pode ser. Cria-se a ficção de si porque se sabe que se comunica com a ficção do outro numa classe social que se desconhece. E vale nos dois sentidos. Os que exibem o que não possuem, os que escondem o que têm. Convive-se muito, mas no engano. Gera-se desconfiança, sabendo que ela faz parte do jogo e do seu encanto. Põem-se à prova emoções, experimenta-se o outro, montam-se armadilhas por vezes perigosas, humilha-se, bajula-se, insinua-se, vende-se, compra-se. Tudo por várias mãos que não se vêem. Que não nos tocam. Num ambiente aparentemente asséptico onde habitam milhões de vírus ocultos.

O acesso democrático às novas tecnologias vulgariza os aspectos raros do ser. Cria a ilusão de poder. À distância de um gesto. Ao impulso emocional. É uma mais-valia para o acesso ao conhecimento, um perigo para o desconhecimento, para a ignorância. Se há duas ou três décadas, para a maioria das pessoas iletradas ou pouco informadas, tudo o que se ouvia na televisão ou se lia no jornal chegava com o selo incontestável da verdade, hoje, a maioria dos utilizadores cibernautas, toma como verdadeiro tudo o que a internet expõe. Sem critério, sem crítica, sem questionar. Criam-se factos falsos, eventos inexistentes, no planeta babélico e virtual das mil e uma ficções por fração mínima de segundo. Mas também existem os factos verdadeiros e a boa informação, o artigo científico, a reportagem autêntica. Como distinguir? Pelo passado acumulado de quem lê livros. De quem sempre frequentou bibliotecas, livrarias, cinematecas, exposições, espetáculos, conferências, recitais, concertos, colóquios, debates. E como se faz? Começando a fazer. Simplesmente. Com o desejo de poder crítico. Com a noção clara de que a curiosidade é o melhor motor de busca para alimentar o nosso conhecimento e passar do convívio gutural no seio de uma comunidade ficcional, ignorante e estridente, à solidão acompanhada do saber, mas também no encontro enriquecedor de seres curiosos como nós. E estas comunidades existem. São estas comunidades espalhadas pelo infindável planeta tecnológico que já estão a mudar o sentido do desejo de se ser humano em toda a dimensão pacífica do conhecimento. E já não é uma utopia. O bem distingue-se do mal.

26

Nos anos 20 e 30 do século passado, os grandes armazéns tentavam captar as pequenas burguesias urbanas com espetáculos feéricos na apresentação de novos produtos. Teatralizava-se a moda no grande palco comercial. As vitrinas eram uma espécie de ecrãs de transparências do real que, da rua, eram vistas como o sonho de desejos legítimos.

Hoje, os grandes espaços, os centros comerciais, são fechados e não têm vitrinas para o exterior. Não há acesso à luz nem ao tempo. Em nenhum desses grandes espaços há relógios. O tempo pára com a luz artificial e com o artifício do acesso fácil a tudo. A oferta excessiva dá-se em pesados blocos de cimento sob uma luz estonteante que não só corta o acesso ao tempo como nos faz perder nele. O espaço do consumo de modas tornou-se em si mesmo uma moda asfixiante. Por um lado, é uma prisão onde se entra, que faz irradiar uma droga emocional que nos atrai com a mesma potência com que uma casa de brinquedos atrai uma criança. Infantiliza-nos. Levam-nos a comprar não o que necessitamos mas o que eles querem vender, num apelo insultuoso à emoção infantil que desperta em nós o desejo de ter pelo prazer inconsequente de ter. Eles sabem disso. E manipulam-nos. Por outro lado, a sua arquitetura com grandes cúpulas que não mostram o céu mas a sua representação parada no tempo e de onde pendem (ou se elevam!) os ícones corporais, surge como uma catedral onde as figurações do desejo são apresentadas como formas santificadas pela sociedade fabricada artificialmente que nos quer impor modelos de beleza, como se o próprio tempo não continuasse a sua caminhada inexorável nos trilhos do corpo de cada um. E a cosmética, sem pudor, vende, num processo contínuo, gato por lebre. E gastam-se fortunas para se ser o que já não se é. Cada uma destas catedrais tem as suas capelas interiores com os seus respectivos santos e evangelhos que anunciam não uma mas múltiplas modas transacionadas como religiões. E cada uma promete o paraíso que identifique o indivíduo com o deus que representa, fazendo soar hinos e cânticos como se fossem rezas, orações, hossanas, seja através de condimentos popularuchos de produção nacional, seja através de importações de outras culturas e etnias. Capelas tribais que ajudam a identificar ritualisticamente os respectivos grupos, socializando-os entre si e afastando-os dos outros. Mas, ao contrário do que se passava nos anos 50 do século passado, em que as hordas se digladiavam, estes novos beatos das culturas que as modas impõem ignoram-se entre si, suportando-se. Aceitam-se no ódio latente. Não se frequentam, não se habitam. Cada bando tem o seu altar e cada lugar de culto orienta o gosto dos seus adeptos e crentes. A origem dos produtos é a mesma. As catedrais multinacionais do consumo não brincam quando se trata de lucro, de grandes lucros, de lucros pornográficos. Então que seja um lucro ecuménico, abrangente e cínico. Da mesma maneira que os artesanatos nacionais são produzidos em falsificações de péssima qualidade e ofensivas da raiz folclórica regional na imensa e despudorada China, com acesso barato na sua vastíssima rede de lojas em cada recanto do mundo, que o Império do Grande Timoneiro controla à distância com o beneplácito interesseiro e comercial do mentecapto Tio Sam, que obrigou o Ocidente a abrir os seus mercados à mediocridade oriental produzida em campos de concentração, de escravatura e morte anónima.

As multinacionais investem na alienação coletiva através de multiprodutos «gadgets» para que o controlo dos seus patrões seja contundente. Enquanto o alienado se apraz com o novo objeto, que traz em si a fragilidade do efémero, não protesta nem luta contra a invasão da sua privacidade e do seu direito à vida e bem-estar. Cada compra implica a cedência de dados pessoais que constituem grandes bases de informação pessoal que vão circulando entre as multinacionais a alto custo, facilitando o bombardeamento constante com produtos acessórios num cerco mortífero que afasta o indivíduo do combate e defesa de uma ética verdadeiramente humana, que aproxime o homem do bem-estar a que tem direito.

Este programa, que foi delineado durante a década de 50 do século passado e que tem no crânio multicéfalo que controla as multinacionais a engrenagem do poder mundial, tem como único objetivo transferir a riqueza produzida no planeta para as mãos de uma ínfima minoria que todos os anos se reúne em hotéis de luxo onde através de sinistros «briefings» constitui e destitui poderes regionais. E o «capital derrama» como ferro fundido nas sepulturas dos povos que continuam inconscientemente a adorar as suas representações plásticas nas catedrais de consumo.

E se «não há machado que corte a raiz ao pensamento», chegou a hora de pensar, refletir e agir em defesa do que fomos, do que somos e do que queremos ser.

17

Hoje, o passado deixa de interessar não pelo facto histórico em si, mas pelo seu consumo superficial e imediato cuja velocidade o remete para o esquecimento ou não entendimento do seu valor, restando apenas o registo digital fotográfico excessivo como memória e prova da passagem por tal lugar, monumento ou museu. O que de tudo isto fica? Pouco, muito pouco. Enquanto o guia explica o valor histórico de um lugar, o híper-turista fotografa compulsivamente sem saber muito bem o que está a fotografar. Cria-se um abismo entre o conhecimento e o registo inócuo de quem preserva na ignorância. Memoriza-se o nome do lugar com pedras, mas fica-se sem saber o que representa aquele espaço no contexto histórico regional, nacional ou universal. Nem se quer saber. O que vale são as emoções de ali ter chegado, que a moda da viagem a qualquer custo impõe. O que se quer é apenas mostrar que se esteve lá, no sítio da moda histórica, provar que se passou por um lugar importante sem lhe interessar as causas da importância do lugar. Mais: que viajou por lugares exóticos, recônditos, quase inacessíveis como exposição e indicador do poder egocêntrico e exibicionista junto da sua pequena comunidade. Ainda que mais massificado este comportamento, não é inédito, no que toca à exibição, noutras épocas. Recorda-se que à chegada ao aeroporto dos emigrantes provincianos bem-sucedidos no final da década de 60 do século passado, uma turba de curiosos esperava na gare dos sonhos, exibia capelinas, minissaias plastificadas e berrantes, botas de cunha coloridas, óculos escuros descomunalmente grandes, vestes multicoloridas, longos cabelos, numa mimese da figura do artista de cinema ou de variedades que um sotaque estrangeiro acentuava para que os diferenciasse desde logo dos infelizes pobretanas que os aguardavam curiosos por novidades da «estranja» que a ditadura impedia que chegasse em primeira mão à santa terrinha. Estabelecia-se imediatamente essa relação de poder de quem tinha saído da miséria sem futuro da aldeia, que tinha passado pelo «bidonville» e cujo esforço e talento no trabalho que os anfitriões estrangeiros se recusavam fazer lhes destinou uma pequena ascensão social que logo exibiam com ingénua arrogância na comunidade que outrora fora a sua. Deixava-se bajular no desfrute de uma fama efémera que os catapultava momentaneamente para o lugar de celebridades locais cujo heroísmo em terras distantes era amplamente amplificado.

Hoje, o híper-turista das famigeradas férias em exóticas terras distantes tem o mesmo comportamento, já não na aldeia mas no espaço variegado dos subúrbios, no prédio onde habita, no pequeno círculo de amigos que convida para jantares onde se exibem as fotos dos telemóveis de locais por onde passaram sem saber muito bem o seu contexto e significado histórico. É importante mostrar que se esteve lá. Não é importante saber o que por lá se passa ou aconteceu. Os marcos dos factos históricos, os museus ou feiras medievais ou renascentistas, deixam de ter interesse a partir do momento que o que mais se valoriza é o seu registo, não para mais tarde recordar, mas para mais cedo se exercer esse pequeno poder sobre o infeliz que ainda não conseguiu fazer o mesmo.

Poderia parecer que havia uma onda de interesse pela memória coletiva, mas ela é só navegada, na generalidade, pelo prazer de estar na moda. Numa moda que se serve das tradições e do passado como objeto de consumo descartável e não como enriquecimento pessoal, o que seria mais desejável. Esta redescoberta dos locais do passado no presente alimenta o desejo de se afirmar que se esteve presente e não na vontade genuína de alimentar o espírito através do conhecimento histórico. Há excepções, talvez mais do que seria de esperar. E ainda bem.

Por esse mundo fora, abrem-se museus todos os dias. Cada vila ou aldeia quer ter o seu, numa concorrência desenfreada em busca de singularidades que a diferencie do vizinho, o que não foge à rivalidade ancestral. Os pequenos e os grandes acontecimentos históricos são comemorados para recuperar uma memória que tem muito pouco a ver com o interesse cultural objetivo mas com a economia e a atração respectiva. Ao colocarem-se aldeias nos mapas dos itinerários turísticos, está a dar-se um poder a essas aldeias, que o merecem, que as ditaduras paradoxalmente sempre recusaram dar. Ao democratizar-se o espaço da memória coletiva, o que é sem dúvida um bem, está-se ao mesmo tempo a mobilizar as entradas económicas que tanta falta fazem à modernização do presente. Contudo, pouco se investe para que o híper-turista fixe por momentos a sua atenção no que realmente visita e não apenas no desejo de fabricar representações que ajudarão a sua memória a recordar momentos de lazer que passam ao lado do objetivo primordial da viagem: o conhecimento do facto histórico, dos grandes e pequenos acontecimentos da história.

Há festas e festividades, tudo se comemora, mas o que ressalta paradoxalmente é a festa do efémero.

18

A combinação das tradições religiosas do Ocidente e do Oriente, como necessidade de uma nova crença com sustentáculo mais abrangente, tem muito a ver com uma moda desenvolvida e promovida a partir dos resquícios de uma época em que se acreditava na liberdade de amar como contraponto ideológico à punição castradora do amor segundo a mais violenta prática religiosa do Ocidente.

Foi com as gerações de 60 e 70 do século passado que se massificou essa combinação (ensaiada já nas sociedades esotéricas do final do século XIX) com a ponte lançada entre o Ocidente e o Oriente.

A publicidade crescente de gurus indianos vinha paradoxalmente estimular uma geração que ideologicamente estaria à esquerda, mas fora dos esquemas centralistas e centralizadores dos partidos tradicionais e fechados em si mesmos numa prática de base filosófica de uma «utopia» fora de moda e anacrónica. Essa juventude de uma esquerda «meta-ideológica» adoptou a tradição religiosa de lugares distantes e exóticos como verdades absolutas para sustentar o seu edifício libertário. A identificação dessa modernidade progressista com determinadas práticas ritualísticas, espirituais, alimentares e corporais evolui numa direcção inesperada, perdendo o fulgor ideológico à esquerda e ajustando-se mais uma vez ao seu espaço ideológico tradicional, e por vezes incoerente, de novas elites afastadas dos centros instituídos. Elites que enriquecem à custa dos novos negócios da moda ou de renovados investimentos de recursos familiares adquiridos na conduta tradicional que lhes permitiu não perder esse sentido da modernidade, mas também do modo, ao investir na viagem para novos centros espirituais que lhes desse, por outro lado, um estatuto social reforçado. No regresso ao seu território, depois de várias iniciações espirituais e esotéricas, criam um novo negócio que oferece precisamente o que foram buscar noutras tradições: uma espécie de autoclismo espiritual dourado que despeje no esgoto do perdão os pecados na aquisição da pequena fortuna e lhes salve a consciência perante o pavor divino que é exactamente igual em todas as tradições. Surgem, assim, «dojos», «satsangs», prática de vários yogas ou iogas, restaurantes de vegetarianismos radicais, centros de recuperação védicos, meditações transcendentais, sacerdotes de nomes impronunciáveis, tradições contraditórias com as culturas do Ocidente, mas sempre a mesma tentativa de esconder o Sol com a peneira. Massifica-se esta prática, o negócio cresce exponencialmente e, mais uma vez, por causa do dinheiro fácil, perde-se a essência, a pureza, para dar lugar a uma ridícula ignorância do conhecimento filosófico original. O que poderia ser a oportunidade ecuménica na criação de uma nova identidade religiosa de uma comunidade moderna, perde-se na cedência ao negócio fácil, desonesto, trapaceiro e de falsas promessas para se regressar conscientemente à fórmula do enriquecimento, mas agora em nome de uma «nova» prática de libertação espiritual na tradição milenar dos orientes.

É o eterno retorno à feira que vende paraísos através de artifícios cambiantes que só prometem vida plena para além da morte.

E o capitalismo neo-religioso de tendência ecuménica cumpre o seu papel: distanciar as pessoas da sua luta diária por condições sociais que os liberte de vários tipos de escravatura aos quais a crença irracional conduz inexoravelmente. Em nome de uma fé em hipóteses que o turismo aproveita, alimentando o capitalismo opiáceo.

19

A necessidade de se dizer o que se é e o que não se é também se inscreve numa moda de afirmação e de reconhecimento. Todos querem ser alguma coisa que possa ser objeto de observação e contemplação do olhar coletivo.

Ao mesmo tempo que se sente esta necessidade de afirmação e reconhecimento pelo que se é e, por vezes, por aquilo que se gostaria de ser, também se experimenta uma libertação de uma eterna aceitação predestinada para se ser o que sempre se foi e que já não se quer ser.

Há novas identidades coletivas onde cada um se insere não com o fervor religioso de outrora, mas com a religiosidade de quem se religa a determinados padrões e comportamentos sociais. Não deixa de haver contradições entre aqueles que querem ser o que não podem ser e cuja insistência os leva a criar ficções pessoais que muitas vezes conduzem ao sofrimento solitário quando são confrontados com realidades cruas e cruéis. Esta relação do conflito surge, muitas vezes, na sequência de comunicações perversas no espaço público que insinua através de metáforas perigosas que se pode ser o que não se pode ser e, consequentemente, que se pode ter o que não se pode ter. E quando se mimetiza comportamentos do que se gostaria de ser, mas que não se é, dá-se lugar ao burlesco, ao ridículo e abre-se caminho à exclusão. Destas frustrações continuadas emergem doenças psicológicas graves cujos distúrbios podem levar a planos de demência que arrasam tudo à sua volta.

Por outro lado, as chamadas elites, na sua reconhecida crueldade, ao ridicularizarem o outro por querer ser aquilo que ainda não pode ser, desestabilizam relações sociais que chegam facilmente ao confronto. Mas estas elites também sofrem do mesmo problema porque também elas querem ser mais do que são e que muitas vezes não podem ser por incompetência e ignorância, subvertendo a sua relação com o meio onde estão inseridas através do dinheiro que compra quase tudo e quase tudo corrompe, criando injustiças socias difíceis de ultrapassar e vencer. Nestes confrontos, a publicidade aplica a sua estratégia que provoca, primeiro, o desejo e, depois, a falácia do acesso que na realidade não se tem a produtos e bens supérfluos transmutados em bens de imperiosa necessidade.

Esta sociedade hipermoderna é também a sociedade do paradoxo e da decepção. Ao criar turbas de decepcionados, abre as portas aos mais reprováveis sentimentos que entram inevitavelmente em confronto com o que se desejaria ser uma educação de excelência. Este tem sido o espetáculo degradante que as elites políticas europeias têm produzido e protagonizado, levando a fracturas sociais cujo desfecho é imprevisível. Este espetáculo degradante, que se exibe diariamente nas estações de televisão, é um exemplo da mediocridade, da ignorância, da soberba, da arrogância, da incompetência, mas sobretudo da corrupção de uma organização criminosa que quer fazer crer que é uma coisa que jamais poderá ser: líder de uma Europa digna e solidária. Este cenário está a gerar ondas de revolta e as ondas de revolta podem gerar uma revolução continental e no fim a Alemanha perde. Como sempre!

20

A gélida comunhão do aparato social como único utensílio da ambição, trampolim de impulsão colossal, desprezo pelo outro, paisagem agitada pelo primado do dinheiro, constitui o desfalecimento – por cansaço da relação de solidariedade, de fraternidade, de amor – de um projeto humano contra a arbitrariedade que hoje campeia num paraíso corrupto cujos turistas são os profissionais do engano assentes em gabinetes de instituições que asseguram o lucro pornográfico contra as massas populares que definham perante a usura do poder.

Há um palco dramático de conflitos numa guerra que opõe a indignação e os indignos; a barbárie do luxo fácil, que promove e sustenta mercados ocultos da terra ao sangue, do esbanjamento de recursos à montra de supérfluos, que redige fronteiras entre os que dilapidam e os que tentam sobreviver nos recantos da agonia, nas traseiras do direito, nas arrecadações da prescrição, no lamaçal escatológico produzido por um grupo de rastejantes que a taxonomia, sabendo o que são, ainda não quis definir.

Guerrilha entre o Sol e o nevoeiro insalubre, entre o fresco e o enlatado, entre a luz e a obscuridade, entre a praia e o cimento, entre o ar e o ácido, entre a natureza e o lixo. Adverte-se o abismo norte-sul, a sujidade provocada pelas desigualdades, pelo desafeto, pela ironia do hipócrita, pela mundialização mercantil de projetado cifrão único que determina o enfraquecimento do poder democrático criando a ilusão de bem-estar de uma coletividade que a história demonstrou que nunca o foi.

Há um diagnóstico escorpiónico, a peçonha cancerígena que se alastra, a metástase do sabujo social, o vírus transformista do traidor, que alimenta a espúria sociedade secreta que faz mover os senhores das nações poluentes.

Enquanto houver a legitimidade do oxigénio, a história não deixará de ser escrita contra a depreciação da humanidade. Com veias de sangue contra o tráfico dos sacos sanguinários.

21

Extraviados do lugar-comum do quotidiano da moda (a idade liberta e liberta-se do anúncio efémero), com o humor necessário para a exclusão do ridículo que a mimese impõe para que o fulgor publicitário não desista de se aplicar sem rodeios ao consumo, os viajantes serenos percorrem ruas iluminadas e questionam a necessidade de rupturas nesta paisagem estrangulada pelo medo, pelo silêncio e pelo terror de não pagar a despesa que a produção de supérfluos impinge numa construção de um calendário reinventado com datas puramente comerciais que apelam aos afetos, às emoções, aos desejos.

Disfunções da realidade permitem que, perante a cegueira da ficção da montra, a distração imponha subliminarmente o êxito do mimetismo que vai impedindo uma estética de mudança. Não aceitar a imprevisibilidade da alteração histórica que a imagem-excesso sublinha é ceder aos interesses desumanos para que o quotidiano do cidadão se reduza à produção, ao crescimento cego e à economia que conduzirá o indivíduo à falência da sua existência livre. O despautério promove acidamente a anulação de autonomia, criando a sensação de uma emancipação irreal quando na verdade se é objeto de manipulação agressiva do facto diário. Procuram-se novas sensações para que a desestabilização emocional dos indivíduos os impeça de agir com inteligência e livremente perante as adversidades da existência fabricadas em laboratório.

O conhecimento cedeu lugar à tecnologia e ao fascínio pelo mundo virtual, metáfora da falsidade e da inexistência, criando ilusões de comando e autonomia que na consciência íntima reduz o homem à sua impotência como um criador revolucionário de mudanças. Esta perversão mercantil do ser pode levar-nos a uma convulsão social de dimensões inimagináveis. E a História assumirá o seu papel, mais uma vez, de condutora de mutações. E nessa imprevisibilidade a esperança tem um lugar legítimo e, ao mesmo tempo, perverso. Se não sabemos para onde vamos, por que razão nos deixamos levar para destinos presumivelmente negros? A época das referências antidemocráticas está aí. O risco da inutilidade da ação e da sua ineficácia, o desinteresse que invalida a própria defesa do bem comum e a proverbial cobardia dos crentes em destinos divinos, são vetores que colocam em cheque a condição de possibilidade de futuro.

22

Quando a morte nos confronta e olhamos pausadamente para o nosso património de inutilidades, somos levados a pensar no grotesco esbanjamento de recursos a que nos sujeitámos por um imperioso desejo de posse que é abandonado pouco depois como um brinquedo por uma criança que cresce. Ao longo de uma vida inteira armazenamos centenas de quilos de inutilidades. A ideia de utensílio deixou-se sobrepor pelo desejo estético de uma moda a prazo de objetos supérfluos que foram alimentando uma falsa ideia de felicidade que, como todas as outras, seria efémera e desprezada ao pó das arrecadações. Fomos trocando a aquisição de conhecimento pela abjecção da aquisição compulsiva de ninharias. O desejo perpétuo de obtenção de coisas, da busca interminável das ofertas promovidas e expostas por um comércio da invenção imponderada de «necessidades» que não servem para nada. Trocámos o valor de horas de trabalho por lixo plástico ao sermos manipulados por um desenfreado capitalismo de consumo, desperdício de recursos, numa sociedade de urgências de bem-parecer no universo perverso de gostos comparados e comprados. Lixo. Dejetos. Esterco urbano. Poluição. Desperdício. Doença mental produzida nos hipermercados.

Há uma nova hierarquia de necessidades, uma estranha relação com a posse de objetos desnecessários, com o «gadget»: são toneladas de inutilidades ao fim de uma vida de aquisições. Contudo, cumpriram a missão para a qual foram criados: alimentação de desejos muito próximos do desejo infantil, consumo de objetos de desejo como se a civilização ocidental se revisse nesse anseio eterno de consumir.

Parece que tudo se alterou. A busca e o desejo de prazer substituíram a questão ideológica.

A legítima projecção de uma contínua melhoria das condições

de vida surge na sequência de falsos facilitismos que vieram desencadear o descontrolo financeiro e a consequente miséria das populações, e a sua perda de liberdade, que acreditaram na boa-fé dos mecanismos das sociedades democráticas hipermodernas. Ninguém contou com a fraude que, em lume brando, cozinhava o foco de destruição do legítimo desejo de melhoria de vida. E o resultado está à vista. Houve uma inflação de colarinhos brancos e gravatas berrantes que potenciaram o engano, a falsidade, a usura, a fraude, a vigarice, fosse contra quem fosse, fosse familiar próximo ou amigo. A necessidade de alimentar a ambição desmedida tritura proximidades, afetos, cumplicidades, mas sustenta inevitavelmente a traição. Uma catástrofe. O desastre consumava-se com o desvio de milhões de milhões em apostas subjetivas em produtos subjetivos que nada tinham a ver com a legítima produção de riqueza, mas tão-só com jogos virtuais como se os mercados fossem centros de lazer e distração onde meninos brincavam com tecnologias sofisticadas com a morte de pessoas reais numa manifestação do mais hediondo desprezo pela condição humana.

A sociedade do hiperconsumo, da qual não é alheia a criação de datas fictícias comemorativas para o crescimento comercial do consumo desnecessário e caro de «gadgets», lançou as massas no mais pútrido lamaçal da miséria de valores a que chamam crise financeira.

23

Nesta era hipermoderna, não se olham a meios para se espetacularizar os negócios mais obscuros no seio da vida quotidiana. Tudo é espetáculo. Reduz-se o objeto cultural à imagem carnavalesca e colorida do facilitismo medíocre para que as vendas se transmutem em espetáculo de palcos viciados. A burla surge como primeira figura de um *vaudeville* que consome milhões na ecranização dos enganos diários, como um *reality-show*, que descredibiliza a vida social, económica e cultural de uma nação. A comédia da trapaça impõe-se como espetáculo inevitável que afeta todas as áreas que influenciam os comportamentos dos seus espetadores. A espetacularização radical do dia-a-dia dos indivíduos conduz ao logro de um *happy end* fictício pleno de sugestões fraudulentas.

Nada foge à teatralização da vida, à farsa, ao embuste, que a maquinaria publicitária produz para que se assegure a lotação esgotada de um espetáculo de supérfluos. O objeto desnecessário como estrela de uma representação inevitável na intimidade de cada um.

Parece que a ficção, as lendas, os mitos, estão ao alcance de todos na teatralização da idealização como uma falsa realidade adquirida que conduz, inevitavelmente, a desastres cosméticos sociais.

A banalização da expressão artística, no seio do capitalismo do espetáculo, leva à construção de equívocos onde o joio supera o trigo, na apresentação feérica da mediocridade, numa feira de vulgaridades onde predomina o pechisbeque envolvido num papel pseudo-cultural.

A sociedade do espetáculo ganha uma dimensão gigantesca com as redes sociais onde se dramatiza a intimidade como um filme inconsequente de banalidades que transportam os seus protagonistas para uma falsa ribalta.

Comercializam-se emoções, transacionam-se imagens-lixo, o prazer pornográfico ganha estatuto artístico numa orgia abjeta que dilacera e confunde o olhar sobre o seu valor, os produtos permutados em negócios distorcem e corrompem o sentido original.

Esta transgressão constante procura rentabilizar a vitimização do ser como espetáculo televisivo ou nas redes sociais a cujo público as campanhas publicitarias impingem, em forma de arte, panaceias sociais, culturais, económicas e estéticas sustentadas na fraude dos resultados vendidos.

Ninguém escapa ao desejo de se *vedetizar* no seu meio, vulgarizando o ícone cinematográfico de outrora na figura do padeiro, do cozinheiro, do bombeiro, do jornalista, do manequim, do criador de moda, do político provinciano, do advogado, do futebolista. É o negócio do híper-espetáculo no seu máximo esplendor que, pela necessidade de renovação constante dos seus protagonistas, trucida-os, como produtos fora de prazo, sob a pesada engrenagem desta máquina de enganos onde se morre, paradoxalmente, no mais violento dos anonimatos.

24

O sistema capitalista nestes tempos hipermodernos é uma festa negra: exacerba crises, produz desigualdades, promove a ignorância, infantiliza as pessoas e leva-as a crer na inexistência de um futuro falacioso.

Ao observar as políticas neoliberais de consistência milagreira para os arautos da pilhagem, constata-se que o discurso dos seus protagonistas é um manual de instruções sobre a fraude. O seu sorriso aniquila o olhar ético sobre o mundo, arrasa com todos os comportamentos de boa conduta. Na Igreja neoliberal são baptizados diariamente jovens canalhas cujo catecismo é o assassínio em massa, como se constata diariamente nas notícias, como uma inevitabilidade da sua existência criminosa. A sua nação é o dinheiro, protegendo o seu reino de rentabilidade máxima a custos mínimos. O imperativo da ganância, a prática do despedimento, a precarização do trabalho é a sua festa, as desigualdades sociais, o seu brinde de festas felizes. O ecrã hipermoderno é exuberante na sua informação premeditada da ignorância. A crença da felicidade, a agnosia como vantagem sobre o conhecimento, a hipocrisia da aposta tecnológica como disfarce do abandono do investimento científico, o negócio da morte, a cama do hospital inflacionada de corpos em espera. Morte. Segue e siga! O apelo ao anonimato. A derrocada dos fundamentos do bom carácter.

Há uma falsa liberdade do vazio, a ausência da perspectiva, da crítica onde ética e moral se confundem no exercício de um pacifismo arrepiante perante a modelagem de poderes obscuros. O seu plano estético tem a dimensão de um centro comercial. Tudo passa por consumos excessivos que as modas impõem. Destruidor de diferenças culturais, o capitalismo hipermoderno impõe modelos monótonos e aniquila qualquer possibilidade de um olhar poético: a sua literatura descartável é a melhor prova da sua inconsistência.

Todo o passado é reciclado em função das novas exigências do consumo, da festa, da exuberância, que falseia a possibilidade de cada um na ribalta do poder. A paisagem acinzenta-se, descolora, banaliza-se na materialização do controlo de igualização que a moda mimetiza, as fábricas produzem, as marcas distribuem como se fossem baluartes de diferenças. E, no entanto, a origem asiática a baixo custo é o centro nevrálgico da sua produção que paga com salários de fome. Todas as marcas, a mesma mão-de-obra. Os hiperlucros no mesmo saco. Tudo é igual, ainda que sob o ardil de tudo ser diferente.

A imagem do indivíduo cosmopolita na hipermodernidade do século XXI tem um preço tão elevado que o resultado do seu cálculo é inimaginável. O capitalismo produz fancaria e comercializa insignificâncias. O descartável, o seu cardápio niilista.

Banalidade e barbárie, o hipermodernismo devasta o mundo a favor da tecnologia do «gadget» bem embrulhadinho em presentes de aniversário ou de natal.

A ética esfumou-se do espaço social e económico e o seu contrário, corruptor, é imposto do exterior com um falso argumentário do novo-riquismo que veicula a sua desinformação através dos media. O futuro tornou-se curto, a esperança precária, a ilusão efémera. Das autoestradas da informação ao individualismo hedonista, do aparente mundo do bem-estar ao fim do combate ideológico e revolucionário, a crença pacífica no ocidente moderno e opulento deu lugar ao fim de todas as utopias.

É contra este estado a que o Estado chegou que temos a obrigação ética de lutar com todas as ferramentas que a hipermodernidade criou para nos derrotar.

Raridades

z

Não é um romance, mas um *portrait* para o incompreensível. É mato. Mato. Palavras com destino inqualificável. Europa. O teu nome. Seja lá quem fores. Se és. Como residência do prazer. Todos somos. Como língua que se associa sem convite. Como um canivete que abre a melancia. Digo... vejo-te sem casa com morada específica entre o cimento comercial da tua apoteose. O que dizes? Digo... como imagens de gama alta em alta velocidade e vejo-te a esbanjar cremes para estagnar o tempo. É moda. Eu sei que é moda e contribuis a plenos pulmões, a carteira aos gritos. Nesse caso, o que me dizes é que tenho um oxigénio plástico que me garante este prazer solitário de partir metaforicamente a montra que me deseja, que me dilapida com estes sapatos de travesti, objeto de colecção, sim, eu sei, um fetiche. Nada fica para a história. É irrelevante, a história esquece-se no pó das madeiras bichadas que a não sustentam. Agora. Já. Já sem termo. Tudo na possibilidade do ar. Condenas-me a beleza e respiras-me por dentro e eu como-te sem te pensar nesta deliciosa masturbação sem recorrer à imaginação, estás aqui enquanto te trinco de olhos fechados aberta às compulsões dos parágrafos, dos períodos ensanguentados que te salpicam o sabor. Queres insultar-me com a tua juventude. Não, apenas consumo a tua ignorância de velho, bom, quase velho, apesar da grisalha e farta cabeleira que te ilumina os olhos. Investes tanto no ginásio como se fosse possível o passado ser infinitamente o teu futuro. Enganas-te. Talvez, mas isto não é um romance, não há nada para contar. O que dirias, no futuro, desta cena? Fazes-me rir. Ri-te e embrulha-me com o teu corpo enquanto te como com a alarvidade do silêncio que geme nas caves do corpo, rega-me com os teus ácidos porque ao contrário do que possas pensar alimentarão sementes. Ah, as sementes do diabo! Ainda aí estás?!, isso é muito antigo. Aqui a novidade é que não te sabia tão... tão... Culta, diz, sem medo. Diria mais orelhuda. Ah, já me tinhas contado, essa é a tua derrota, pensares que és o último dos sábios. Voltemos ao diabo. Não, às sementes. Sulfúricas? Talvez Versace, que me dizes? Venste? Só porque falei em perfume?! Gostaria de te sentir na plenitude do amor. Hoje, estás com um sentido de humor que me excita, não há amor, e tu sabes, não me enganes, somos apenas um casamento fragmentado de instantes de corpos que só falam disto. És brutal! Como tu gostas, cavalgo-te sem freio, à desfilada, e relincho de prazer em cada orgasmo de égua e amazona que atravessa esse teu corpo estagnado, como um lago, no chão suado do teu desespero em não morreres já, pareces um sapo com falta de ar e espetas as tuas garras nas minhas ancas esculpidas que te atormenta o sono em cada noite solitária. Uauuuuu!!! Cala-te, o meu texto foram linhas de coca que me estão a levar ao êxtase, venho-me, estou a vir-me com os nossos onze sentidos. (... ... ...). Sim, dá-me esse teu silêncio, por favor, assim, hauuuu, uffffffff, aiaiaiaiai, serves-me tão bem, adoro-te sem te amar... espera, tem calma, beija-me, seca-me um pouco esta torrente, este manancial de origem desconhecida, vê com a tua língua a gruta deste infinito, bebe-me com esse idioma de cão e homenageia-me, huuummmmmmmmm, sinto-me a esvair nesta primeira comporta, não pares, continua, sim, monstro, continua, abre-me o segundo acesso e liberta-me as águas presas com dedos de espeleólogo, minha nossa senhora dos arquipélagos, santificadas sejam as ilhas deste meu continente imortal... dá-me a tua boca, não quero um beijo, quero a tua boca e todo esse silêncio aflito que bloqueia o grito que te levará à morte, espera... espera...

2

Aproveito a ocasião do dia para levantar-me. Não só da cama. Hoje, não falarei contigo. A trovoada é sempre um bom presságio. A agitação dos céus é um discurso que avisa os homens de que nesse espaço subjetivo do medo não reside ninguém. Minúsculos aspectos caóticos do universo cujas metáforas nos ajudam a impressionar a fraqueza dos outros. Há tanta deslealdade quando se fala de educação. Isto não é um romance. Não se contam histórias. São fragmentos. A paixão dos fragmentos, dos trechos, de fulgurâncias, de luz. Como na cidade que me pertence aos sapatos, aos encontros, às esplanadas. Quer se queira ou não, viver noutra cidade ou vila ou lugarejo é um equívoco que se eterniza na relação com todos aqueles que são do espaço que não nos pertence. Eles recordam-me diariamente. Por ignorância, por cobardia, por medo, talvez. Este é o espaço que ocupo por empréstimo há demasiado tempo. O equívoco do tempo. Não estás a gostar do que lês? Não leias. Fecha o livro, oferece-o a um inimigo ou opositor. Podes ter a certeza de que não foi escrito para ti. Vamos lá ver se a gente se entende. O que tu verdadeiramente gostas é ler romances feitos nos telejornais. E tens toda a legitimidade para o fazer. Aqui, não és enganado. Exactamente. Escreve um homem-faca. Não o do Tony Duvert. Sabes lá quem é o Tony Duvert! Aqui, quem escreve não o faz para ti, denuncia-te nesta intimidade. Faremos um teste. Não gostas de fazer todos os testes-pirata do Facebook? É óbvio que gostas. Gostas do que leste até aqui? Não, mas isso é evidente. Resposta: Não! Como é que este livro te chegou às mãos? Não tens várias opções com quadradinhos para responder. Escreve a tua resposta. É uma sinceridade fácil. Compraste-o? Foi uma oferta? Foste à apresentação a convite de um amigo? Encontraste-o na calçada da cidade? No café? Abandonado no Metro por alguém tão honesto como tu? É difícil não te lembrares. É uma edição recente.

Nunca saberei a tua resposta. Nunca te vi. Não te conheço. Não sei quem és neste preciso momento. Portanto, não me interessas. O que é absolutamente extraordinário é que continuas aqui. A ler. A partir do momento em que comecei a falar diretamente contigo, continuaste a ler por curiosidade mórbida. Talvez terás pensado neste momento: «o que é que este filho da puta sabe de mim?«. Não sei. Nem quero saber. Tu poderás ser o mundo inteiro. É pouco provável. Mas poderás ser um qualquer ser. Certamente, não és um fantasma. Nem um personagem de ficção. És real. Tens este livro na mão. Estás a ser quase insultado, desprezado, condenado. Não é nada pessoal. Não nos conhecemos. Provavelmente não nos conhecemos. A leitura deste livro é tão inesperada como o mal-estar que te invade. Não sei se és homem ou mulher. Ainda aqui estás? Se ainda aqui estás é porque és masoquista, estúpido ou inteligentemente curioso. Se continuares aqui, nada te prometo. É bom falarmos destas coisas. Dessa tua condição de leitor inadvertido. Provavelmente sorris. É simpático que o faças. Vais ver se o livro tem uma foto que autentifique o autor destas linhas. E o que te diz a foto? Nada. Apenas uma imagem que metaforiza um olhar que recai sobre ti. Isso incomoda-te. Eu sei. Vês uma representação de parte do que sou. Ou do que fui. Eu não te vejo e isso fere a tua auto-estima. Um livro é um protocolo entre nós. Segues página a página. E eu nada te prometo. Não escrevo o que queres ler. Se aceitares esta condição, talvez te divirtas, talvez me insultes com ternura. Talvez me queiras conhecer. Talvez chegues a casa e me procures no Facebook ou no Twitter. E quando entras na minha página vês lá este texto, precisamente este texto. Mas como um fragmento de um conjunto de fragmentos. Como a vida. Não encontrarás nada pessoal, íntimo. Já pensaste que eu posso não existir? As redes sociais são um cerimonial de enganos, de perversões, de espionagem, de gatunagem, de falsidades, de inexistências. Não sabias? Pensa, que diferença há entre o que leste no livro e o texto que identificas no Facebook? Apenas o suporte? Provavelmente chegarás à conclusão de que um livro faz parte da tua intimidade e que o ecrã é uma violação secreta da tua privacidade. Ainda quererás deitar o livro para o lixo ou oferecê-lo ao teu inimigo ou opositor? Verificas que, ao leres estas páginas neste livro, elas têm outro significado se as leres no ecrã. Isso poderá levar-te a pensar. Um livro joga intimamente contigo e, neste momento, é só teu. Um livro ajuda-te a pensar. O ecrã, que expande as redes sociais, aniquila-te no excesso, na velocidade. Destrói a tua curiosidade por excesso de curiosidade. De quereres saber tudo ao mesmo tempo. E perdes-te irremediavelmente em fragmentos de fragmentos do hipertexto. E o que lês? Uma história? Um artigo científico? Chegas ao fim? Ou segues como um pau mandado as indicações do hipertexto que te vão abrindo janelas e mais janelas até ao infinito. E, como sabes, o infinito não tem destino. Um livro tem. Essa é a diferença. Um livro é lento. Um ecrã é excessivo, violento, rápido. Um livro dá-te tempo, o teu tempo. Um ecrã rouba-te esse tempo. No livro lês este texto. No ecrã, quando verificas a sua dimensão, passas rapidamente a outra imagem que te levará a outra e a mais uma numa relação infinita de instabilidade. É tão cansativo, não é? Um livro cansa e descansa. Neste momento do texto perguntarás se eu tenho alguma coisa contra o ecrã? Nada. Absolutamente nada. Um ecrã acelera o tempo. Um livro atrasa o tempo. Um ecrã convida-me virtualmente a ser tudo de todas as maneiras, o sonho de Fernando Pessoa, sem fronteiras pelo infinito espaço cibernético por várias galáxias que funcionam como canais de televisão sem programação onde todo o real é virtual, onde todo o virtual é a tua alucinante realidade. O livro tem deliciosas fronteiras no formato e um mundo aberto nas suas páginas. Ainda aí estás? Creio que não. Ou talvez...

3

Isto não é um romance. Que fique bem claro. Não vou contar-te histórias com intrigas e mortes, traições e ambições. Não há enredo. Não há um fio condutor. Falo-te de ausência. Desse espaço pleno do vazio. Como um universo de compêndio antigo e barato. A plenitude do nada. O dia, hoje, chama-se semana. Há quem prefira a plenitude de um sábado, a perfeição de uma quinta-feira. Eu, não. Este dia vago tem a locução hebdómada do tempo infalível. Marcado pela ausência. Da ausência à inexistência é um pequeno passo, um ínfimo fragmento do tempo deste dia tão complexo que marca um calendário lacunar. Ninguém passa por aqui. Já passaram. Desapareceram na glória iludida dos seus dias continuados em vão por ignorância. Foram breves durante um presente que se desvaneceu nas neblinas da distância. Ausentes. Inexistentes. Ficções da memória. Desperdícios. Resíduos que a ausência transfigura em pó e o pó em viajante insignificante pelos pontos cardeais. Segues-me? A ausência neste dia-semana poderá ser um lapso ou morte como parte de uma de muitas eternidades. Poderá ser. Neste caso, é uma suspensão como cenário de um palco onde… nada. Uma reticência sem dúvida, sem perplexidade. É um deserto como espetáculo, um conforto instalado na metafórica nuvem. Ninguém. Nenhum corpo. Apenas vazio flagelado por destroços que a memória ainda não apagou e que torna esta ausência não uma totalidade mas um fragmento da plenitude inane. Se durante a observação da ausência a meditação corrompe, há um delírio gnóstico que perverte a condição de ser vácuo na vacuidade. A ideia de deus, ou de deuses, é um flagelo que funciona como um antitranquilizante que se intromete no espaço do vazio, querendo ser arrogantemente a sua origem. Nunca o foi. A idolatração, seja do que for, é um veneno mortal que te afasta da grandiosidade do vazio e da ausência. É uma granada mortífera.

Átomo contra ti. Segues-me? A experiência da ausência e do vazio levar-me-á à plenitude da ação com a consciência de todos os sentidos. Donde a leitura da transparência. De um novo real erguido. Arquiteto de um destino.

Argonauta do novel em viagem surpreendente. Do vazio ao imprevisível, todo um universo em expansão criadora até à resolução do mistério da tua existência única e irrepetível. Sem flagelos gnósticos. Nem pragas ameaçadoras das galáxias comerciais travestidas em residências do pútrido poder divino cujo símbolo é a moeda sem face nem coroa.

4

O que há no teu instinto? Estufas de sobrevivência. Fala-me dessa obscura intimidade de enganos e certezas. É um armazém de previdências. Instinto: uma folha branca. Por vezes, um abismo de merda. Instinto: como uma toalha de framboesas. Ou um esquecimento. Olvido e loucura? A residência do presente em contradição. A possibilidade do falhanço. Ou a sua impossibilidade. A desculpa do ódio. A inevitabilidade contra a morte. A derrota. O lugar irrepetível. A proto-decisão da vertigem. O mergulho profundo no desconhecido. O lugar-comum do erro. Instinto à boca do sabor. O beijo imprevisto. A doce troca de bactérias. O fiasco da regra perversa. O inimigo do previsível. Asno e galope. Apenas pele como corpo. Instinto: bengala estética. A razão fora de combate. A esquina do luar sem acontecimento. A fuga para o quarto escuro. Pânico. Decisão contrária. Revés. Sorriso de partida. A chegada que se fica pelo caminho desviado. Um lago. O deslumbramento. Fora do tempo. Fatalidade do regresso. Contrário de quotidiano. Dias sem horas. Horas sem anos. Caixas e Pandoras. Espaço inacessível do choque. Boca e saliva. Saliva e língua. Língua sem futuro. Apenas língua e linguagem sem apelo. Instinto do lugar único, intransmissível, fractal. Instinto: aparência pedante do instante. Espelho sem magia e extenuante imagem do possível impensável. E o contrário na plenitude do vazio. Perda do horizonte, do oriente, do norte. Vereda ao sul em busca da eternidade do sol. Instinto: morte do vulgar. Genialidade do desejo inoportuno. Tonalidade do sorriso em vésperas de gargalhada. Conquista de si. Crença na metáfora obscura do acidente. Instinto: o medo guardado na estante dos horrores literários. Perseverança de si. Obra contra as vozes dos donos. Instinto: a voz fora do baralho ressequido das repetições de cenas aberrantes em estúdios forjados. Sair-te o instinto como salvação do instante que à morte pertence, que o passado reproduz como eternização do inexistente. Instinto como oposto de memória sem registo. Instinto: único, desigual e indiferente à maré dos cansaços devastadores de multidões desmobilizadas pela subliminaridade das mensagens corrompidas pelo tráfico comum dos plágios. Instinto: obra-prima da existência em perigo constante. E em nós o livre-arbítrio da cama.

5

Dizes-me que isto não é um romance e obrigas-me a mergulhar nas tuas ficções, homem. Apenas falo contigo, mulher. Sou do meu tempo e tu contestas-me como se fosse um crime. Não, de maneira nenhuma. Afinal falas com quem?; falas comigo?; com o teu putativo leitor?; seja ele masculino ou feminino? Falo comigo através de todos; e neste momento apetece-me desistir. Desiste. Não virá mal nenhum ao mundo. Não, não virá. Será uma boa opção. Escolherei a má opção. E continuarás sem nada para dizer. Não ter nada para dizer será uma forma de literatura como outra qualquer; o simples facto de questionar a valia da mensagem também é literatura. Não estarás fora do teu tempo? Deste tempo de ecrãs e violências, de asfixias e velocidades, de uma aparente valorização do ser, desvalorizando-o? Se é assim que vês as coisas… Tenho tentado, mas nada de novo surge, apenas réplicas do instantâneo, destroços, peças quebradas que não coincidem. Percebo a tua angústia, é por isso que só te como, com raiva de prazer, jamais te amarei, as nossas peças não coincidem, não se equivalem, encontram-se no caos do sexo e despedem-se como se se libertassem de um compromisso que não existe, apenas desejo transitório que se satisfaz nesta convenção que eu impus e segues-me porque és homem e me desejas num território melodramático para o qual não estou disponível e quando te vens dentro de mim, nas minhas costas, na minha face pretendes que algo aconteça como se fosse um passo em direcção a uma estabilidade convencional que eu não quero, vê lá se entendes isto de uma vez por todas, não desisto de ti porque te como com prazer e estou-me nas tintas para ti. Sou um boneco. És um boneco consciente. Também te desejo. Eu sei, é fácil desejares-me, olho-me no espelho todos os dias, e porque me desejas queres amar-me como um troféu, como uma pertença sequer intocável aos olhos dos outros, procuras essa exclusividade fora de prazo. Um dia deixarei de ser o teu boneco. E eu procurarei outro com a mesma facilidade que te encontrei, quantos homens não quererão ser bonecos de uma mulher como eu, com a consciência de que são bonecos, eles só querem comer-me como eu os como, nós só existimos nos dilúvios de prazer, nada mais há para além disso. És uma niilista. Estás completamente enganado, és homem, não há nada a fazer, sou exactamente o contrário, tenho crenças e convicções e isso tu não alcanças, és um mau sintoma da tua geração, chegaste a uma idade que procuras uma estabilidade que no real não passa de uma ficção, vivemos numa época do «é» e do «já não é», somos protagonistas do obsoleto, cada minuto torna o anterior rançoso, antigo, desarticulado com o seguinte. Então por que razão regressas a esta cama? Definitivamente não entendes, não há regresso, há progresso porque tudo é novo e melhor. Porque me conheces. O facto de te conhecer não me interessa para nada, sou eu que invento a diferença no estímulo, o que me importa é o prazer de ser e não ser em cada instante. Como uma mutante? Talvez como uma mutante, a vida é um conjunto de mutações momentâneas. É esse o teu projeto? É que não há projeto, homem, nem destino, nem futuro. E passado? O passado não existe. E a memória? É por vezes um pesadelo do qual me liberto quando ele tenta apresentar-se como tal. Não te entendo. Claro que não, és homem.

6

Bifurcações. Dicotomias. Antagonismos. Presunções envergonhadas. Snobismos provincianos. Pacóvios. A moda desmonta seres. Os costumes miméticos. As rotinas entram em contradição com o meio almejado. A cidade é um matagal de ignorância cheia de alunos da universidade da vida. Nada mais ilusório e falaz. O último grito engasga o penhor. Ter é mais importante que ser: «eu tenho, eu sou», «eu não tenho, deixo de ser». Não há tempo para pensar nos afetos, «apenas no meu prazer». Cada um por si revestido da importância da última moda tão efémera quanto o ser apedeuta o é. Está em desuso a preocupação pelo outro. Os amigos intocáveis pertencem à ficção da crença. Não pensam em nós, estão-se nas tintas para nós, e só lhes interessamos se temos bens materiais que não ponham em causa a estabilidade da «nossa amizade fraternal». Lixo social. Se um qualquer acidente nos deixa à beira da miséria, a «estabilidade da amizade fraternal e incondicional» dilui-se no ácido do esquecimento e da distância. Nada é mais fácil. Cultiva-se a transparência. Deixam-se de ver. A opção de silêncio nos telefones defende-os da má consciência. Antes má consciência do que o pesadelo de ver a sua fortuna beliscada em nome da solidariedade. A solidariedade resolve-se com cinquenta cêntimos ao pedinte do metropolitano da quarta cidade mais bela do mundo. Não há espaço para os afetos. O território de acesso ao «glamour» passa pela desterritorialização de si. Esquece-se o amigo de infância, glorifica-se o que fora inimigo de classe, o empresário de sucesso com quem se partilha um menu momentâneo. E se o nosso mau momento passa e é derrotado pela perseverança do talento, e a vida nos reconduz ao sucesso, ao brilho da ribalta, eles serão os primeiros a surgir junto ao palco para nos abraçarem e se confundirem com o nosso êxito porque, ao fim e ao cabo, são os nossos «amigos» de infância, de juventude, incontestáveis, aqueles que passaram por tantas experiências connosco. Vejo-os com as suas expressões de crápulas. Não é por acaso que as produtoras televisivas lançam no mercado múltiplas séries de vampiros. É a grande metáfora da sociedade urbana actual. Quando se deixa de ter o sangue que alimenta a sua vaidade obscura, deixam-nos estendidos à porta, não nos reconhecem, evaporam-se na longa distância de quem já não alcança o espetáculo degradante da miséria nem o odor da fome. Estes são os nossos «amigos» incontestáveis. Os que passaram os melhores anos connosco. Aqueles a quem nunca faltámos. Estes tempos não são para ingénuos. E por uma vez espreitamos a realidade e decidimos regressar inesperadamente ao filme onde reconhecemos a lista do assassino. E é isso que fazemos. Elaboramos minuciosamente a nossa lista e vamos riscando a vermelho os que pela sua «morte» prematura deixaram de fazer parte da nossa ilusão. E sentimo-nos mais leves, deixando no passado o lastro da mentira, da ignomínia, da falsidade, da traição, do desprezo, da hipocrisia. Os nossos «amigos» incontestáveis acabam de ser abatidos pelo traço vermelho de uma esferográfica que risca os seus nomes com a pontaria de um tiro de pistola com silenciador. Passam ao território fantasmático. E se por nós se cruzam não os reconhecemos porque nada se reconhece neles, nem sequer a sua sombra anónima. Estão definitivamente mortos dentro da nossa realidade, aquela onde vencemos sem «amigos» incontestáveis, aquela que nos surpreendeu com a imprevisibilidade de um abraço de um quase desconhecido que, com o brilho dos seus olhos, diz o que os «amigos» incontestáveis silenciaram na sua cobardia cruel. Para eles não há «deve», só «haver». *Capisce*?

7

Se houvesse um termómetro na base da nuca que medisse a temperatura do pensamento verificarias que estarias à beira do colapso vital, meu querido. Porquê? A floresta das tuas memórias está a arder há anos num fogo descontrolado, nas labaredas transparecem imagens de ódio, vingança, desilusão, dor; pensas em duas frentes opostas; numa tentas apagar o fogo em guerra, na outra alimentas o incêndio com o imprevisto combustível de uma certa ideia de justiça sem balanças nem pratos; o que me deixa estupefacta é a tua resistência a altas temperaturas; pensas num impossível galope que é por si uma ignição contínua. Talvez seja a falsa insensibilidade do chamuscado. Chamuscado? Sim. Tu não estás chamuscado, tenho a impressão que em ti vejo um vulcão de cinzas ao mesmo tempo autofágico e auto-suficiente, que se destrói e se alimenta da sua própria destruição, é por isso, talvez, que tens tantas erupções na pele; e quem te toca sente uma pele enganadoramente macia. A suavidade do fogo! Sorris como um pirómano que só consegue subsistir dentro do seu próprio fogo. É uma combustão que se alimenta de emoção e razão. E irás viver assim até que o fogo se extinga e morras apagado? Este fogo não se extingue, desenha com as suas labaredas asas de lume. Essa imagem da fénix renascida já está gasta, não achas? E por que razão identificas essa imagem com a fénix renascida? Porque é um lugar-comum! E tu crês que eu sou um lugar-comum? Não, de facto não és, por isso és um perigo, destróis destruindo-te. Como a construção imagética que fazemos dos anjos. Um anjo fora dos céus e dos infernos, em fuga, com olhos de longe, de distância, de esconderijo, de denúncia. Não é uma escolha, mas uma imposição que chega continuamente do exterior. Estás em guerra e transmutaste nas tuas próprias munições. A paz é uma utopia, um legado de desculpabilização cultural, nunca houve paz e no dia em que houver paz total a humanidade desintegra-se e com ela a ideia de deus como se fosse um sorriso infinito, pacífico e, paradoxalmente, destruidor. Apocalíptico. *Le grand finale*, sem aplauso, silencioso, em fade-out com o universo. Ardes na tua loucura. Por absurdo, todos aqueles que tenho vindo a abater com o meu fogo bem procuram braseiros em cobre que lhes aqueça o frio interior da morte; sabes por que estão mortos? Não. Porque os matei e eles sabem disso no outro mundo, tornaram-se fantasmas rodeados pela sua triste riqueza que os empobreceu na agonia da sua solidão. Ah, falas-me do frio da morte e do fogo da vida. Como um dia escreveu Goethe nas suas *Afinidades Eletivas*, não me pediram que trabalhasse, mas que sacrificasse o meu tempo, as minhas ideias, a minha maneira de ser, e isso é impossível, meu amor ardente.

8

Nem vozes canalhas nem óvnis para delirar em noites partidas do que for, os efeitos dos líquidos vaginais, o saboroso lado errado do prazer cristão. Cometas, diabos, estrelas cadentes, nome e apelido do vómito das catacumbas universais, metáfora suburbana da contrafação. Tudo isto num abraço de um corpo perfeito de uma sociedade raquítica ao pôr-do-sol da má-língua, ao luar da inveja, madrugada à globetrotter, oceanos interiores, o sabor das algas, o deserto da pele. Não é o teu corpo que me perturba nem a tua leitura dos acasos, mas a insistência de uma ideia mimética do desejo. Prefiro os lupanares sem estratégia aos centros comerciais agónicos onde tudo depende da despersonalização dos clientes. Marés gigantes de supérfluos como se fossem necessárias à sedução. Por outro lado, a simplicidade é uma pose cara que exige muitas horas de espelhos e de íntimos camarins. Tudo se falseia, sobretudo o espasmo. Quando te senti o verdadeiro prazer observei-te em silêncio, o silêncio do teu ápice interior, da tua viagem estética, essas sensações que vêm do desconhecido. A ciência diz que não. Mas se pensasses nisso deixarias de ter prazer e passarias ao sofrimento da hermenêutica. Esse é o momento mais autêntico que te conheço, o resto não passa de uma parafernália de adereços que vão nutrindo as tuas personagens, por vezes os teus heterónimos criminosos que assaltam os mais incautos com promessas de beijos paradisíacos em paisagens sensuais. É nesse movimento de ilusão que atacam a bolsa e a vida dos que ficaram irremediavelmente perdidos na noite das almas quebradas. E sacas o valor real do prazer que paga a tua existência. E a razão está do teu lado no labirinto de cimento armado onde cada lantejoula é ingresso para o dia seguinte. Viver de ilicitudes não faz de ti um ser clandestino, antes ilumina a tua face sob os holofotes do êxito. As luzes da ribalta lêem os códigos de barras, o chip do teu cartão de cidadão, autentificando-te na turba que burla para existir de acordo com os padrões sociais. Deveremos ser assim ainda que a regra oficial de conduta diga o contrário, mas isso é apenas uma ficção ornamental. São ilusionismos que vêm de uma antiga escola de funâmbulos. E ao jovem suburbano mostra-se teoricamente o que não deve ser feito, ao mesmo tempo que se incentiva a fazer o oposto. O jovem urbano já é filho do movimento contrário desde o tempo dos palácios como grandes universidades de perversão. Somos tão modernos. A excepção é não sê-lo como hipótese de paradigma do futuro. O que é uma utopia. E nela corre o sangue das conspirações de veludo. Como uma das apoteoses possíveis da sensualidade erótica. A vitalidade artística da transgressão. E se tudo não voltará a ser como antes... sê-lo-á...

9

Quando à escura luz do engate me propuseram, nos idos de 70, a transação de um corpo disforme, estigmatizado por tangos e boleros em camas pardas, sorri ao fascínio do cinema e intuí o magnetismo do claro-escuro numa sequência de planos entre a abstração pornográfica e o proto-poema juvenil. Isso é um clássico, meu querido, um puto engolido por um gigantesco túnel vaginal numa odisseia de apuros e de infinitos; quanto pagaste? Um susto, um trovão, um relâmpago, um sismo; uma cauta mão, e não anónima, com unhas experientes, elegantes e juvenis, impediu o derradeiro degrau no bordel *Palace* e evitou, creio, um dilúvio de nojo, uma metáfora de repugnância sulfúrica; soletrou nos dedos da mão a indicação de um desvio, viela de sugestão clandestina, e levou-me à sucursal do engano. Faltou-te o talento de escapista, evitaste a primeira com ajuda solidária da segunda que te comeu com mais modernidade, um noema, por assim dizer, do primeiro fenómeno do prazer raptado e consentido; meu caro, saiu-te caro? Nada disso, pareces uma beata da filosofia, minha cara hierofante da intriga; a tua hipermodernidade, plena de gadgets no raciocínio, impede-te, por desconhecimento, de vaticinares seja o que for; a sucursal do engano é como se fosse a porta do segredo dos pastéis de belém, uma entrada dissimulada nas traseiras do bordel *Palace* que dava acesso a um palácio de soberanas da alquimia das sensações onde transmutavam medos juvenis em glórias extáticas de incomensurável prazer, uma verdadeira instituição iniciática cujos rituais se perdiam na noite dos tempos. Que elegância para falares de uma casa de putas! Que deselegância quando optas provocatoriamente pela vulgaridade da ignorância ofensiva! Já cá não está quem falou, continua. Uma das câmaras tinha uma bandeira em vidro cuja entrada estava camuflada por uma chaise-longue no piso superior; foi desta posição privilegiada que a minha jovem diva me fez observar a liturgia que recebia o neófito na suprema arte da transfiguração do medo em êxtase; o cinema é a reinvenção do olhar, e ao registar aquelas imagens fiz uma montagem de sequências na moviola do devaneio onde não faltaram os planos picados, as suaves panorâmicas, os grandes planos, os planos fechados, ainda que tudo o que observara fosse na perspectiva de um plano geral; e vi, deslumbrado, aquele corpo disforme, libertando-se de apertos e anunciando-se como uma Vénus primordial de Lespugue, soberba e ágil, enorme e graciosa, pétrea e distinta, numa dança ritualística que ofuscava, como um raio divino, o olhar do jovem marçano de uma loja de fazendas da Rua dos Fanqueiros que pagara com parte do seu primeiro salário a iniciação nos mundos luminosos de antigos saberes que nunca envelhecem; do caos dos impulsos à dinâmica dos gestos, dos silêncios que questionam às palavras sussurradas, o segredo anuncia-se à entrada do templo de todos os mistérios, pressagiando o confronto divino em si e a angústia da morte na revelação da vida. Digamos que foi uma pré-iniciação. Foi, antes, um esclarecimento de ideias. E depois? Ao deixar-me nas mãos da jovem soberana, em catre improvisado no vão obscuro da escadaria, entreguei-me à morte e apreendi o estado febril do conhecimento. Tão intimamente démodé, meu caro. Eu sei, nestes tempos agnósticos escasseiam Aspásias.

10

Por que me olhas com esse vigor como se eu fosse uma catástrofe? Porque busco um nome de haver, sem latifúndios nem contratos, sem comércio nem a hediondez da troca. E se filtrássemos estes encontros através de acasos provocados, não é disso que se trata? É uma boa sugestão. Não havendo compromissos banais nem desejos quotidianos, preservamos a anti-perversão, quero dizer, a instituição dos rituais que soldam seres de encontros casuais a uma vida de repetições vulgares até que o tédio as feneça no corrupto anonimato da existência; assim, sem entregas preconcebidas e ajustadas nos manuais dos comportamentos urbanos e burgueses nem metáforas de afetos eternos, e livres de memórias perversas, erradicaremos o costume e seremos protagonistas de obra única em cada instante, o irrepetível para que o êxtase da exaustão nos liberte em consciência do lugar-comum. Um nome por dizer, a haver, um nome para o futuro, sem mácula, sem dor, sem colorações e tonalidades, um nome sem data que me identifique na clamorosa guerra de silêncios contra os antigos nomes que me fizeram quase-morto, um nome-mundo, nosso, um nome na perspectiva masculina, o mesmo nome na perspectiva feminina. Imagem do sangue? Não, nunca uma imagem do sangue, nem imagem; um nome real que seja a ficção da nossa existência para lá da morte e da história. Um nome com epicentro. Pujante na sua fonética, universalmente intraduzível. O meu nome na robustez dos teus seios. O teu nome sem pálpebras. E não é uma história de amor, que fique claro.

22

Tudo em ti tem ar de escândalo: os teus anéis, o fulgor do teu cabelo, a tatuagem que te desmonta o ombro até ao osso, a fulgência dos teus olhos, a tua voz programada a cada instante como se fosse um insulto ao dia a dia dos que por ti passam anónimos, apressados, cabisbaixos, ecranizados pela vigilância dos medos, a totalidade que te inventas como marca; tudo em ti é escandaloso. Não quero ser uma pastelaria de afetos, repugna-me a expressão globalizada, o comportamento massificado sem critério, a ausência crítica do gosto; o que escandaliza é ser livre na esquina perigosa do terrorismo urbano que habita cada olhar conformado, moldado ao consumo chinês, à gastronomia do engano, à montra de efeitos e desejos, à contrafação das aparências, a minha integridade é um escândalo, um contra-senso à ludopatia do consumo; e se me observas como marca acabas de desferir um ataque à minha vagabundagem pela geografia da identidade, não sou um escândalo em mim, sou um escândalo à especulação maliciosa dos habitantes de escaparates, não faço parte do diagnóstico civil; se me chamasse Natália, seria correia de transmissão, um ritual de imprevistos; se me chamasse Sofia, seria um melodrama para elites; nada disso, meu caro, a minha face é o meu nome e ele exibe as rugas naturais de quem não se esconde; se isso escandaliza, temos pena. Queria tanto dizer-te o que não posso dizer porque me impede a franquia de te nomear como se... Deixa-te disso, homem: essa lamechice romântica com tempero medieval; quando te abraço troco a designação pelo tacto, em mim há palavras desnecessárias que não superam o olfacto, o sabor da pele... Se isto fosse uma ficção... Mas não é, nem uma história de amor como tantas vezes te disse. O que é? Uma escolha sem denotação de vulgaridades; precisas de algo mais? Não!

12

Se me dizes, homem, que vens de uma longa viagem, vou-me já embora; guarda para ti os postais continentais do absurdo; não me fales de outras cidades, revejo-as nesta Lisboa dilacerante e dilacerada de estrangeiros de instantes como objetos passageiros não identificados, com mochilas sem ideologia; não me fales da cidade do Bósforo, basta-me este Tejo real sem camonianas visões alegóricas, nem do teu prelúdio ao Danúbio; se viste gente, fala-me dos poros, das águas transpiradas debaixo das pontes com mãos em potentes glúteos, não de castelos com museus activados por antecipação de negócios de réplicas plásticas em fábricas orientais; fala-me sobre a diferença imperceptível dos corpos, dos toques no minúsculo espaço secreto que faz ebulir humores; fala-me das contradições entre as escrituras e os gritos de gente em êxtase sem a presença dos deuses; não da vitrina na masmorra do passado, exibindo fragmentos de existências como se soubéssemos detalhes que as identificassem com o seu tempo; não, não me fales do lugar-comum, fala-me das diferenças sem estrangeirismos, dos guturais sons do prazer, dessa linguagem ancestral sem mitos, fala-me de como foste comido sem a insensatez do amor e se te beberam com o gesto de quem pensa que o mundo vai acabar no minuto seguinte, não me fales de paixões nem de promessas, fala-me do efémero, do irrepetível, da fome extinta pelo excesso, fala-me da tua morte intermitente e da ressurreição oficiada por anónima sacerdotisa cujo nome nunca soubeste mas cuja face te está implantada nos olhos quando à escura luz adormeces em pânico e desmesura, fala-me do insoletrável, homem, fala-me dessa linguagem que acrescente tesão à mulher que te come, agora, sem a enunciação divina da posteridade, fala-me da exaltação que nos abraça porque isto não é um romance de amor.

13

Não, não é um romance de amor, diz ele, de olhar perdido, já ausente da contundência da mulher, que não duvida do prazer como território longínquo dessa paixão que conduz inevitavelmente ao lugar-comum do desafeto, da agnosia, do inconsciente desdém, à vidinha partilhada que se resume ao abrigo precário. Só te sinto, diz ela, com tesão e flama na revolução da cama ou no suporte da parede, na rua desocupada e sem história ou no saguão de uma escada decrépita, na ruína de um jardim abandonado ou a dez mil metros de altitude em direcção ao desconhecido antes de aterrar na cidade prevista; sinto-te com essa raiva de querer-te renovado em cada exaustão, com as marcas efémeras destas unhas que te agarram ao deleite quando te libertas das amarras da falsidade social quotidiana; é neste território que nos entendemos e somos eternos e nunca na dramática assinatura de contratos que validam o que jamais poderá ser ratificado como presunção desses actores que interpretam nauseabundos papéis no totalitarismo das sátiras democráticas; não há desejo homologado nos livros de actas e registos, antes a autenticidade presente de nos comermos em cada banquete como um festejo contra a perfídia da lei; todos aqueles que se «amam» serão traídos pelo desejo universal do prazer que os decretos proíbem em nome de uma estrela, de uma cruz ou de um crescente para manipular a maioria dos impotentes com a mais pérfida mentira sobre a existência de uma inexistência; bebes-me gota a gota à entrada desta gruta iluminada pelo saber de quem está no mais íntimo dos territórios que um qualquer amor despreza com o tempo soletrado pelos lugares-comuns do ritmo quotidiano; e eu consumo-me, magistralmente feminina, quando nos exploramos em busca do que no outro não nos pertence mas que já faz parte do plasma que nos constitui; não, não é uma história de amor, nem um romance sugestivo; somos a anti-história que fere mortalmente a leviandade dos que rezam como autoclismo de uma consciência coletiva predadora e vítima da sua própria ignorância altaneira e corruptora do pensamento libertador do ser humano enquanto ser de desejo e não de crenças coletivas que o matam, esmagando-lhe a estima de si e entregando-o como um troféu amorfo ao sacrifício canibal dos sacerdotes religiosos, políticos e económicos; não, não somos uma história de amor, somos a sua impossibilidade porque estamos para além do seu espaço, na metalinguagem destes dois corpos inseparáveis; não somos uma história de amor porque não nos reconhecem nos cânticos selvagens quando nos aproximamos do desconhecido e às portas do êxtase nos transmutamos na escultura épica da nossa existência intocável; não, não somos uma história de amor, porque não vivemos no espaço ideológico-religioso dos castrados que se ajoelham perante o vazio.

14

Hoje é um dia morno, quero esperar-te para um passeio entre palavras ramificadas ou rizomas, sentidos nómadas, acasos, saber-te ao meu lado à conversa, quero esperar-te. Não, não me esperes, diz ela; não me obrigues a essa precipitação das horas, os encontros dão-se, não se marcam, não se esperam; reinventa-te na tua solidão e dá espaço aos imprevistos; estaremos lado a lado sem abismos. Insistes nos acasos como se eles fossem sempre a nosso favor e não são; eu sei que não queres que te organizem, mas não te imponhas como método e colapso como se apenas existisse o mapa do teu prazer; se eu quero esperar-te, espero-te, ainda que evites o acaso do encontro que espero; adoras contradizer-me porque isso faz parte da tua carta de intenções. Não, não vou aparecer, e tu sabes disso, porque não gosto de destinos marcados por conveniência, nem procurarei acasos que me façam cruzar ruas enquanto me esperas; basta estares à minha espera para que eu deixe de existir e me faça diluir entre multidões onde outros acasos surgirão com essa delinquência que me anima o espírito; temos um pacto. Não, não temos; tu tens uma ideia de pacto só estabelecido por ti, não me propuseste nada. Mas esse é o pacto, homem, sem propostas, o acaso à tona da liberdade e se ele acontece é o que tu sabes, as explosões dos poros, os risos, as palavras num lago profundo, a ondulação das teses, a pele em sobressalto e a palavra sem a sílaba final, o suspiro sem prisão, o galope como plenitude da nossa verdade comum, sem projetos, sem ninhos nem programas; o nosso drama não é deste mundo, o nosso teatro tem inúmeros palcos, não tem viagens em pacote com hotel e meia- pensão, isto não é um romance nem uma história para contar a descendentes... e sabes porquê? Não, diz-me. Porque todos os descendentes serão livres de nos dispensarem histórias que não farão parte do seu mundo, estar-se-ão nas tintas para os ascendentes, buscarão outras cenas que nos serão estranhas, já não serão necessários séculos ou décadas para se alienarem de passados que não querem que façam parte do seu presente, mas apenas semanas ou horas ou momentos em que um voo inesperado lhes cruze acasos sem destinos previstos; e nessa medida que lhes interessará as histórias que tens para contar se a sua galáxia estará fora do teu universo?; cada descendente é um buraco negro, nem sequer é uma ilha nem um satélite; liberta-te dessa ideia de posteridade; eles procurarão em cada acaso a sublimação da distância sem despedidas, a viagem sem retorno, o esquecimento de onde vieram sem a preocupação para onde vão e se um dia pararem, por um outro acaso, e uma centelha da memória lhes abrir um diálogo dirão que eras ignorante, bárbaro, quase um selvagem, porque são passageiros das incontroláveis tecnologias da desumanização, eles deixarão de ser parecidos connosco, e entre nós e eles haverá a impenetrável distância do desconhecimento e do olvido; não esperes por mim porque o acaso é o mistério da criação que afastou o homem da caverna; nem esperes por ti porque o que deixaste há instantes jamais voltará; eu sei que tu gostarias que a memória evitasse os erros e as tragédias, mas não evita, e tu sabes disso; liberta-te dessa memória do instante que passou e o acaso dar-te-á sempre uma nova condição de possibilidade; não esperes, deixa-te acontecer.

15

Seria possível vivermos sem datas?, pergunta-lhe o homem; ela pensa, demora, talvez hesite porque se habituou a ser assertiva e receia o erro da resposta; ele percebe-lhe a fraqueza, a primeira que lhe detecta; terá medo de quê?, questiona-se; de perder o controlo das suas aparentes certezas?, talvez; sabe que a manipulação é a sua arma e não quer dar um passo em falso; se o der perde-o porque se perde; olha-a e dispara, seria possível vivermos sem datas?, ela não consegue vencer a timidez que a expõe na ausência de resposta imediata; sorri, o que a fragiliza, sabe disso, teme a insistência, inquieta-se com o seu próprio silêncio, irrita-a o sorriso suspenso que desenha sem se desfazer dele; e comete o primeiro erro quando busca apressadamente um cigarro, acende-o sem ganhar tempo, o homem espera, entre o poder que se lhe adivinha no controlo da situação e a incerteza da resposta que poderá colocar um ponto final na anarquia dos seus encontros; ambos temem, temem-se; prendem-se ao olhar um do outro, aquela eternidade sem réplica é a salvação do futuro imediato; ela pensa, isto não é uma história de amor, não pode ser uma história de amor; ele responde-lhe telepaticamente, isto não é um romance nem uma novela, nem a arbitrariedade de uma ficção; sem solução, ela abraça-o, cede e segreda-lhe: viveremos sem datas.

26

Os olhos que de ti fecham não escondem, buscam no metafórico espaço interior a alegação contra a ideia coletiva de amor, querida companheira; eu entendo a tua recusa ao colocares no plano supremo esse amor inacessível que a imensa maioria banaliza como um exercício de poder entre dois seres que mais tarde ou mais cedo seguirão caminhos diferentes; corte, separação, divórcio, silêncio; insistes que esta não é uma história de amor; não, não é; como também não é um romance; nem podia ser; a nossa existência neste diálogo é uma ficção que nem sequer representa os leitores, se eles existem, porque não querem ser representados nessa hipocrisia que tão bem interpretam no seu dia-a-dia de afetos e agressões, de promessas e retaliações, de abraços e cobranças, de sexo e repugnância; aceitam a tradição e expõem-se a um risco previsto; em alguns casos acabam por ser engolidos pelo buraco negro do ódio; e eu sei que é isso que tu recusas; contra todos os tempos, a tua presença incide no presente e nunca numa hipotética história de amor em que não acreditas; alimentas-te de desejo e nele encontras, por vezes, uma centelha que mal poderá aproximar-te dessa ideia sublime de amor; nesse exacto momento em que explodes, o abraço apertado representa a eternidade que não aceitas; e nesse abraço exploras o afeto que está para além do prazer e nesse momento se não amas andarás num mundo paralelo que buscas em cada abraço quando te deixas explodir por dentro; é tudo tão efémero, eu sei, tão transitório que o que vale é a incomparabilidade desse momento com outro que não tenha essa mesma tensão; ainda que não seja amor será uma ideia tão especulativa quanto a que temos acerca de deus; a sua inexistência é de semelhante dimensão; eu entendo-te, a crença existe mas é fugaz e só existe porque há desejo e prazer; um desejo e um prazer que são incompatíveis na eternidade; um sucede ao outro e na cumulação a efemeridade do abraço como falsa representação do desejo de eterno.

17

Estes, meu amigo, são os subterrâneos da nossa existência, estamos protegidos dos olhares que intrigam; o que queremos de nós só a nós nos diz respeito; não me interessa os lugares-comuns das definições como um arquivo de banalidades; repetir-me-ei sempre quando nego a existência desta história como uma história de amor; se não o fizesse já aqui não estaríamos e tu, provavelmente, estarias envolvido num falso romance que te daria a falsa ilusão de um amor que não existe; ao olhar dos outros, estes subterrâneos onde nos exploramos na mais pura entrega aos mistérios dos prazeres seriam vistos e comentados como um bordel de insignificâncias e, ainda assim, um perigo aos costumes estabelecidos sob as hipócritas regras judaico-cristãs; nada do que ideamos aqui poderá interessar aos outros; esta é a nossa liberdade e o seu desejo de comentário, intriga e mexerico uma invasão criminosa ao palco íntimo onde cada gesto nos representa na plenitude da nossa crença de existirmos sem os falsos conceitos do amor acautelado nos cânones dos bons comportamentos; o que buscamos um no outro não são regras comportamentais nem o seu consequente léxico adequado, mas a resposta de cada poro como sensação única; e o seu conjunto estético o texto literário interdito aos salões de uma plástica comum, que se mimetiza como se fosse um exercício de eternização que condena o diferente, explora grosseiramente o pornográfico e preserva a comunhão ritual da mentira e da traição entre sorrisos de batom e gravatas berrantes igualizadas em fábricas repelentes; aqui não temos grelhas nem grades nem amor; esse «amor» que os verdugos das sensações livres promovem em catálogo como ascensão social ao proscénio civil sob o olhar que tudo vê e julga de um deus que é tão só a justificação urbana da sua vil existência; aqui, livres, pertencemo-nos nesta festa de abraços e olhares que, sorrindo, expressam a mais transparente verdade do prazer de nos sentirmos em plena comunhão sem o adágio do amor eloquente que inevitavelmente conduz todos aqueles que nos criticam ao abismo do desespero e do sofrimento íntimo de quem preso está às grilhetas dos códigos sociais estabelecidos; nascem na mentira e na falsidade morrem, traídos pela falsa moral imposta por uma etiqueta comensal; o seu anacronismo é já em si a tumba da história que os levará ao silêncio; aqui não falamos do amor à sua medida, partilhamos os corpos na sua máxima liberdade e beleza; aqui não fazemos amor porque o amor não se faz; aqui fornicamos como um acto único e irrepetível até que a exaustão nos leve ao renascimento de sermos o que queremos ser sem códigos mas como expressão da autenticidade libertária desta existência que assumimos entre nós; não, não é um romance; nem ele aqui se poderia exibir como tal.

78

Não me beijes a mão em público, meu querido; a mão beija-se na intimidade desta gruta com lábios que deslizam como quem soletra o texto oculto da pele; a mão beija-se na totalidade dos dedos com edacidade em busca dos sabores velados; não, uma mão não se beija em público e muito menos se simboliza um beijo que não existe num ritual patético de levá-la à face de quem se dobra e, numa posição raquítica, pensa exibir um código de boa educação tão socialmente vetusto e venenoso como o machismo campino disfarçado de cortesias bafientas nos salões reaccionários da história; uma mão não se beija em público, beija-se no compêndio da desordem, no vendaval do desejo sem algemas urbanas; beijam-se as mãos que se trocam nos gestos, que se tocam nos interstícios, que se encontram nas protuberâncias ou nos infinitos prazeres que se combinam sem regras nas veludas palmas que deslizam; nunca me beijes a mão em público porque não quero ser humilhada como um ser vulnerável e inferior nem quero que dobres a espinha se porventura me encontrares sentada; quando me vires em público ou finges que não me vês ou beija-me na boca que te diz repetidamente que não te ama mas que te deseja com a fulgurância dos dedos que nos exploram nesta linguagem que não subalterniza mas exalta a soberania do prazer; não, não me beijes a mão em público porque eles não merecem observar as palavras gasosas que me envolvem nesse vapor que é só tão nosso quando com elas escrevemos na pele o que está para além do poema numa narração caótica que nos vai consumindo na sublimação estética que o desconhecido nos presenteia; só os fantoches sociais recorrem a esses artifícios para exaltarem publicamente a podridão conservadora desses rituais repelentes contra a verdade dos sentidos; poderás beijar-me a mão quando estivermos numa esplanada vazia como se vencesses a timidez e no silêncio dos teus lábios discretamente colados à minha mão me quisesses sugerir que há um cenário íntimo que nos espera; beija-me a mão e os dedos e entre eles sentirás as gotas suspensas nos pelos, o irrepetível sabor sem metáforas.

29

É tão fácil estar nesta redoma, ponto de encontro sem cliques nem «likes». Difícil é pestanejares pelas calçadas como quem escapa da chuva pelos intervalos da distração, minha amiga. Gosto de estar aqui neste estufim sem «gadgets» nem marcas para exibir; gosto deste conforto montanhês onde me deixo crescer lentamente a coberto da intempérie dos anúncios, das promessas falsas dos totalistas da mentira; aqui, contigo, sem receios de escaparate nem vinagres de olhos suados de raiva, exponho-me neste abraço como experiência comovida do táctil, com a simplicidade da quietude, sem cavalgadas. Os cavalos ao longe fingem-se perdidos na alienação, sossegados, digo eu, aparentemente serenos. Não os despertes agora; não sejas tão cavalo como outros homens; acende-me um cigarro; tudo lá fora é translúcido e aqui tudo tão nítido, como os teus cabelos de sal e pimenta; sabes, gosto de dizer algumas palavras misturadas com fumo. Quais? Estas, as que vão saindo sem urgência, como um filme que deixa passar o tempo num poema. Creio que estás a fugir ao personagem desta ficção. Porquê? Estás lenta. Apenas nua, só nua, sem artifícios da nudez, sem futuro na projecção dos gestos; gosto de estar aqui, como se a história estivesse lá fora; neste lugar nem a lentidão sofre, já reparaste?; este é um lugar de pausas e é neste espaço que estamos, façamos parte do espírito do lugar, sem repelões que excitem os movimentos e despertem as placas tectónicas do desejo e do sexo; hoje não. Ainda vão pensar que isto é uma história de amor. Mas não é, tu sabes que não é; todos os fragmentos conhecidos e descritos até agora são nichos de pactos entre nós; tenho frio; aquece-me com diferentes lugares-comuns. Queres... anis? Que susto! Porquê? Pensei que me irias propor absinto. Isso seria demasiado modernista para ti, seria tão simbólico. É um passo saberes que não estou virada para esses símbolos. Eu sei. Queres destapar-me para que o calor circule?; sem cavalos, apenas paisagem, como este deserto sem imagens do *National Geographic*.

20

Não me acordes o mar, agora; gosto deste deserto e do seu sabor a chá; aqui, tão longe dos anúncios, dos néons, dos ecrãs; despida nas areias em diálogo abstracto com a pele, sem conversa e muitos assuntos que se desvanecem na volúpia das cortinas; não me acordes o mar, agora: deixa-me ver-te descontinuado; não busques marés, esperemos a noite e o infinito sem notícias de avalanches; quero-te, aqui, tépido e seco; sente só o prazer das mãos, o seu eco perdido como notícia sem desespero; estamos vivos e ocultos, distantes das intermitências metálicas e dos artifícios contemporâneos; liberta dos móveis e dos ícones sagrados; nada mais sagrado que esta ausência dos templos. Temo os conflitos do regresso. Não há regresso, apenas o momento presente; o epicentro dos conflitos está nessa ideia de retorno, do eterno retorno; nada mais falso, meu caro; que saberemos nós sobre os eventos no horizonte?; e que interessa saber se há eventos no horizonte; só o futuro vem ao nosso encontro; que razões levará o homem a ir ao encontro do passado?; estamos aqui, neste delicioso presente, delicioso porque sentimo-lo, porque estamos atentos ao que acontece agora, o que do futuro nos acopla a cada segundo; é por isso que não acredito em astrólogos ainda que eles, por vezes, apontem caminhos razoáveis; olha o céu; o que lês? Estrelas, cometas, planetas, conflitos. Vês deus? Não. Sabes por que razão as pessoas acreditam nele?; porque a ideia que fazem dele lhes facilita a vida perante a ideia de morte. Não será isso uma cobardia? Medo e cobardia são as almofadas onde adormecem iludidas por paraísos artificiais, sabes porquê?; porque vão ao encontro do lado errado do futuro quando, em nome da sua saúde mental, deveriam esperar pelo futuro e viver o único momento que podem fruir, o presente; não há outro; o que há são ilusões de outros tempos e projecções fantasmagóricas em devires inexistentes; o que é uma doença fatal; vês, é noite; acaba de chegar como uma tímida maré; ah, meu querido, desperta-me agora os mares e logo se verá o que o futuro fará deste deserto.

21

Nunca serei uma orgânica mimética. Uma flor, um arbusto? Não, isso nunca; fazes-me rir. Teoria da Arte? Falo de mim, da minha organização íntima e social, não acuso a recepção de modismos nem a imposição de slogans; porque tenho de consumir, consumo de acordo com a minha natureza. Livre e libertária? Sem dúvida; lúcida e sem mapas de comportamentos efémeros; viver não é imitar; e imitar é criar núcleos manipulados por agentes que desfiguram os seres e os transformam em fantoches; por isso não cedo a conceitos miméticos de amor e sofrimento. Estarei a ser demasiado optimista ou insinuas a superioridade de um certo amor que nunca verbalizaste nestas conversas? A singularidade do meu pensamento sobre o amor não se compatibiliza com a ideia que dele tem a maioria. Bom, neste caso não se adapta ao outro. Não se adapta à mimese que formatou o que deveria ser original numa conduta coletiva de enganos e traições, de falsidades e manipulações; o amor não é um jogo de poder. Lugar-comum. A realidade é um imenso lugar-comum; ou melhor, os protagonistas da realidade transformaram-na numa repelente vulgaridade de agressões, de violência; são muitos séculos de violência consagrados, hoje, no furor das imagens que fazem do excesso inconsequente a banalidade entre seres que se descartam na lama das acusações e que desprezam respostas; vive-se o amor como ficção de uma ideia original de amor; repudio organicamente a mimese social quotidiana sustentada no desastre dos valores judaico-cristãos cujo resultado é um ataque organizado contra o afeto, a solidariedade, o companheirismo, a obra coletiva do bem-estar. Há alguns exemplos. Os que existem são triturados nas máquinas religiosas do capitalismo de mercado; nem sequer fazem parte de dados, tabelas, gráficos; não têm existência global; fazem parte do desconhecimento para caírem no buraco negro do esquecimento; amor?, a mais vexatória impostura da modernidade. E nós? Nós comemo-nos, afrontando a banalidade corrupta de uma partilha diária idealizada como vetor de consumo e nunca como autenticidade de um projeto original no ideário do amor. Tu crês nesse projeto? Teria de libertar-me da carga histórica da afronta e da ofensa, mas também da manipulação como defesa de uma existência sem constrangimentos de enganos sucessivos; deixemo-nos de enunciações; entreguemo-nos à dádiva dos corpos, à libertação dos sentidos, ao poema.

22

Lavem-se os nomes; dos seus registos resta intimamente o que importa; nesta história não somos anónimos; existimos sem a exibição substantiva do apelido; ao contrário de outros, aqui a identificação não precede o diálogo; somos uma mulher e um homem em trânsito pelo quotidiano, com as suas marés e desejos; os nossos sortilégios a mais ninguém dizem respeito; comemo-nos como afirmação ética contra o despudor irónico do entendimento que se tem hoje do amor; não amamos, existimos um pelo outro sem fragmentos de humores; e isso já interiorizaste, meu amigo e único companheiro desta viagem que não é aventura, mas salada fresca colhida nesta terra não poluída pela intriga ou pela inveja; que lhes interessa a momentânea felicidade alheia senão para lançar aziagas mensagens; o que é exterior a nós sofre de zelotipia aguda o que, paradoxalmente, poderá ser tão mortal como a indiferença ao outro, necessitam desse alimento diário como vampiros de emoções; somos um homem e uma mulher e nunca um casal segundo as normas autorizadas por tribunais de filisteus; ainda que todo este transe seja uma ficção e dela se retire o pleno prazer de um abraço que oculte a intimidade impronunciável, nós existimos nesse absoluto universo paralelo ou perpendicular ou diagonal, tão nosso como a imensidão incomensurável da nossa idealidade em expansão, interminável e misteriosa; sem essa inqualificável necessidade de partilhas difundidas e destruídas com divórcios dementes, nós somos uma mulher e um homem que comungam este cosmos como cidade oculta aos olhares desmesurados dos sistemáticos destruidores; aqui, não nos amamos, que fique claro; nem escrevemos romances com títulos sugestivos; aqui somos a integralidade do sonho e do desejo na sua mais plena harmonia de um poema sinfónico e irrepetível; por que razão nos daríamos à morte na infecta clausura suburbana da ignorância encartada e votada em assembleias de abóboras apodrecidas por gravatas estridentes?; ao observar a transparência da nossa atmosfera, a paisagem soletra-se em cada dilúvio de prazer, nas praias deste deserto tão íntimo que são os nossos corpos sem pertença registada, apenas oração e crença da nossa singular existência sem dívida.

23

Apesar das tempestades, não chove cá dentro nem dentro de nós; são regalias desta interioridade livre de saber quem somos e onde estamos, o que queremos, mas sem saber para onde vamos. Como tu gostas de estar: à revelia dos formatos, dos padrões, dos modelos, das normalizações, como se com isso quisesses constantemente afirmar com veemência que não pertences a nenhuma categoria. É verdade, sou uma mulher que vive fora dos seriados comerciais; basta olharmos em volta para constatarmos o fracasso dos paradigmas concebidos para a globalização; já reparaste que o capitalismo criou bitolas em tudo idênticas à despersonalização do indivíduo que criticaram anos a fio às sociedades ditas comunistas? É verdade! Sob a aparente capa da liberdade de escolha, num tremendo exercício falacioso, a máquina produtiva impôs aos consumidores, através de apelos sugestivos e sedutores, criando a falsa realidade da diferença quando na verdade estava a produzir sequelas, modelos de comportamentos através de consumos regularizados de produtos fabricados em massa para que não houvesse lugar à discrepância, à divergência, à discordância; e, ainda assim, souberam manipular singularidades e integrá-las nas sociedades cosmopolitas como um aspecto folclórico; o exemplo flagrante disso mesmo é Nova Iorque; na «Big Apple», as discrepâncias, as divergências, as discordâncias e as diferenças fazem parte do espetáculo cuja encenação é controlada à distância por quem sabe que o lucro da normalização do aparentemente inesperado é gigantesco; repara, meu querido, em todos os elementos que, associados entre si, remetem para a exuberância, são adquiridos nos armazéns que padronizam gostos; falamos do princípio da noção de moda para que os produtos escoem dos depósitos ainda que criem aberrações estéticas; são tempestades violentíssimas sobre as pessoas que deixam de ser indivíduos criativos para integrarem uma coletividade anónima e amorfa com a ilusão que decidem sobre aquilo que já está previamente decidido para o seu consumo; e quando pensam que são livres e têm liberdade de escolha são conduzidos como uma manada pelos sacerdotes dos templos de consumo aos altares dos absurdos; ao conduzirem os povos para a ignorância, os evangélicos da insciência protegem o património adquirido; a sua luta é contra o conhecimento e nunca contra a tecnologia e ao quererem confundir conhecimento com tecnologia criam a monumental falácia que produz ignorantes tecnologicamente bem preparados; bem preparados para continuar a confiscar sem pudor o direito dos povos à preservação do conhecimento e do saber; nesse sentido, toda a efabulação de novos paradigmas nesta lógica de destruição está condenada ao fracasso. Deixemos todas essas tempestades fora de nós. Segreda-me o narrador oculto que a seguir se despiram.

24

Vais sair?, não me esperes lá fora; sou daqui, tu sabes disso, homem; nesta ficção, faço parte deste tempo íntimo, tenho o meu interior e exterior aqui; no lado oposto a esta conversa, sente-se a violência nos poros da raiva e do ódio; aqui, estou confortável entre a imaginação da minha existência que estará para lá das leituras e da observação estética dos elementos. Escrevemo-nos, meu amor, para existir, mesmo nesta simulação do real. Meu amor?, pela primeira vez parece fazer sentido esta experiência de deixar amar-me fora do quotidiano levítico, dessa autoridade que cercou o tempo e infringiu a história; e isto não era para ser uma história de amor. E não é! Amamo-nos sem história, homem, porque há um doente nesta escrita que mergulha no oxigénio dos dias e vibra de medo à esquina da próxima palavra-orquídea como um cheiro que mata e ressuscita à porta de um império de ocasiões; dos corpos ao mistério, da experiência da nudez aos hipotéticos fluidos da alma, do prazer à crença nesta dupla existência que um louco projetou para questionar o que seria o amor fora do clima comum da vida e da morte; o mistério de amar na sublimação do prazer quando às portas da morte a pele renascia à erupção do gemido, à eternização do desejo nesta assinatura que me faz mulher no texto masculino que te insinuo na escrita perplexa que desenhas letra a letra; não somos ninguém dos outros; alguém em uníssono que submete à escrita o paliativo desta existência fora das fronteiras do imaginável como uma viagem de longo curso neste abraço com réplicas e estertores que à boca do sono nos refaz para a lentidão das línguas que perscrutam o que só a nós nos pertence; se há um fim, meu amor, não seremos nós a escrevê-lo; não deixarei cair no olvido, à luz de outros olhos que nos são alheios, os dias que o futuro desconhece. Não sendo uma história de amor, ainda é tão cedo para que deixe de ser a história de amor à revelia do tempo monumental.

LUÍS FILIPE SARMENTO

Luís Filipe Sarmento nasceu a 12 de Outubro de 1956, escritor, tradutor, jornalista, editor, realizador de cinema e televisão, professor de escrita criativa, de História dos Modernismos e da Estética, estudou Filosofia na Faculdade de Letras da Universidade de Lisboa.

É um dos principais poetas, prosador e cronistas contemporâneos portugueses, sendo que os seus livros e textos encontram-se traduzidos para o inglês, espanhol, francês, italiano, árabe, mandarim, japonês, romeno, macedônio, croata, turco e russo.

Produziu e realizou a primeira experiência de videolivro feita em Portugal no programa «Acontece» para a RTP (Radiotelevisão Portuguesa), durante sete anos assim como para outros programas de televisão. Já publicou vinte obras e traduziu mais de cem livros.

É Membro do *International P.E.N. Club*, da Associação Portuguesa de Escritores e do *International Comite of World Congress of Poets*. Foi Coordenador Internacional da *Organization Mondial de Poétes* (1994-1995) e Presidente da Associação Ibero-Americana de Escritores (1999-2000).

As suas temáticas mais presentes são a relação do homem com o mistério da existência, a ficção divina como um imperativo de verdade e a partir da qual o lugar que é dado à corrupção dos espíritos, à maldade, à vingança, ao ódio. A exposição ao perigo, nas suas diversas vertentes e formas, também é um tema transversal em todos os seus livros, além do exercício da linguagem para além do próprio argumento e da observação minuciosa dos detalhes e os humores que despertam.

Iniciou sua carreira literária aos 18 anos com a obra «A Idade do Fogo» (1975); seguida por «Trilogia da Noite» (1978); «Nuvens» (1979); «Orquestras & Coreografias» (1987); «Galeria de um Sonho

Intranquilo» (1988); «Fim de Paisagem» (1988); «Fragmentos de Uma Conversa de Quarto» (1989); «Ex-posições» (1989), «Boca Barroca" (1990); «Matinas Laudas Vésperas Completas» (1994), «Tinturas Alquímicas» (1995); «A Ocultação de Fernando Pessoa, a Desocultação de Pepe Dámaso» (1997); «A Intimidade do Sono» (1998); «Crónica da Vida Social dos Ocultistas» (2000), (2007), (2015 - 5ª edição); «Gramática das Constelações» (2012); «Ser tudo de todas as Maneiras, ensaio e antologia da obra de Fernando Pessoa», no Livro/Cd «Mensageiros»; «Lisboa» (2012); «Como Um Mau Filme Americano» (2013); «Efeitos de Captura» (2015); «Repetição da Diferença» (2016); e «Gabinete de Curiosidades» (2017).

Como tradutor destacam-se a «Torah em português», uma edição luxuosa com o nome hebraico das perashiot, tradução apoiada em La Torá do Rabi Daniel ben Itzhakm na Torá e Lei de Moisés do Rabi Meir Matzliah Melamed e em outros textos de Theo Klein, A. Falk e Y. Azoulay; «101 Dias em Bagdá», de Åsne Seierstad; «Erec e Enide», de Manuel Vázquez Montalbán; «O Regresso dos Cátaros», de Jorge Molist; «O Luxo Eterno - Da Idade Sagrada ao Tempo das Marcas», de Gilles Lipovetsky e Elyette Roux; «Biblioteca de Nag Hammadi - III: A Revelação de Pedro e Outros Textos Gnósticos», apresentação e edição de António Piñero, José Montserrat Torrents e Francisco García Bazán; «Madeiro de Buxo», de Camilo José Cela, dentre outras obras.

COPYRIGHT © 2007 BY LUÍS FILIPE SARMENTO.
COPYRIGHT © 2007 BY EDITORA LANDMARK LTDA.

TODOS OS DIREITOS RESERVADOS DESTA EDIÇÃO PARA O BRASIL À EDITORA LANDMARK LTDA.
TEXTO ADAPTADO À NOVA ORTOGRAFIA DA LÍNGUA PORTUGUESA DECRETO Nº 6.583, DE 29 DE SETEMBRO DE 2008.

DIRETOR EDITORIAL: FABIO PEDRO-CYRINO
REVISÃO E ADEQUAÇÃO TEXTUAL: FRANCISCO DE FREITAS
IMAGEM DA CAPA: DOMENICO REMPS (1620-1699): "GABINETE DE CURIOSIDADES" (1890), ÓLEO SOBRE TELA: 137CM X 99CM
IMAGEM DO AUTOR: JOSÉ LORVÃO

DIAGRAMAÇÃO E CAPA: ARQUÉTIPO DESIGN+COMUNICAÇÃO
IMPRESSÃO E ACABAMENTO: ASSOCIAÇÃO RELIGIOSA E GRÁFICA IMPRENSA DA FÉ

DADOS INTERNACIONAIS DE CATALOGAÇÃO NA PUBLICAÇÃO (CIP)
(CÂMARA BRASILEIRA DO LIVRO, CBL, SÃO PAULO, BRASIL)

SARMENTO, LUÍS FILIPE (1956).
GABINETE DE CURIOSIDADES/ LUÍS FILIPE SARMENTO;
-- SÃO PAULO : EDITORA LANDMARK, 2017.

1. CRÔNICAS PORTUGUESAS 2. POESIAS PORTUGUESAS I. TÍTULO

ISBN 978-85-8070-060-2   1ª EDIÇÃO: 2017

17-09850   CDD: 869.3
                                       CDD: 869.1

ÍNDICES PARA CATÁLOGO SISTEMÁTICO:

1. CRÔNICAS : LITERATURA PORTUGUESA   869.3
2. POESIA : LITERATURA PORTUGUESA   869.1

RESERVADOS TODOS OS DIREITOS DESTA TRADUÇÃO E PRODUÇÃO.
NENHUMA PARTE DESTA OBRA PODERÁ SER REPRODUZIDA ATRAVÉS DE QUALQUER MÉTODO, NEM SER
DISTRIBUÍDA E/OU ARMAZENADA EM SEU TODO OU EM PARTES ATRAVÉS DE MEIOS ELETRÔNICOS SEM
PERMISSÃO EXPRESSA DA EDITORA LANDMARK LTDA, CONFORME LEI N° 9610, DE 19/02/1998

EDITORA LANDMARK
RUA ALFREDO PUJOL, 285 - 12° ANDAR - SANTANA
02017-010 - SÃO PAULO - SP
TEL.: +55 (11) 2711-2566 / 2950-9095
E-MAIL: EDITORA@EDITORALANDMARK.COM.BR

WWW.EDITORALANDMARK.COM.BR

IMPRESSO NO BRASIL
PRINTED IN BRAZIL
2017